海辺の俳人

堀本裕樹

幻冬舎

海辺の俳人

目次

真っ青な郷愁

故郷の和歌山を離れた十八歳の頃から、なぜかしきりに海が恋しいと思うようになった。

僕は和歌山市に生まれ育ち、両親は熊野本宮の出身なので、その環境からすれば山に馴染がある。特に本宮は熊野《くまの》権現の信仰の場であり、果無《はてなし》山脈といわれる連山を抱えるほど山深いむかしからの巡礼の地である。幼い頃から僕は本宮の自然のなかで遊び回っていた。だから大学進学のため、上京してきた僕は、海よりもむしろ山を恋しがるのがふつうの心理だろう。それなのに、学生時代から都会の喧騒に疲れると、僕は居ても立ってても居られなくなって電車に飛び乗り、湘南の海に向かったのだった。

特に江の島が好きで、弁天橋を渡りながら海風を吸い込み、遠くのヨットへ眼を遣るうちに、気持ちがほぐれていった。鳥居をくぐって弁財天にお参りするときもあったが、僕はだいたいヨットハーバーの奥にある灯台の方に歩いていった。そして防波堤の向こうに広がる蒼海《そうかい》に心を放った。灰色がかった胸中が、沖の蒼《あお》に染まるまで静かに眺め続けた。

蛾のまなこ赤光なれば海を恋う　金子兜太

今年（二〇一八年）九十八歳で逝去された金子兜太氏のこの句を読み、作者の解説に触れたとき、まるで僕の海を恋しがる心持ちを代弁してくれているようだと思った。大学時代の作品であるというこの句について兜太氏は、「私は山国秩父の育ちなので、あこがれは海だった。空の狭い山国を離れて、何もかも広々とした海へ。そこに青春の夢があった、と言ってよい。蛾の眼の赤光がその夢を誘っていたのだ」と述べている。

なるほどと思った。この句が僕の心理を図らずも読み解いてくれた。僕も大学生の頃、きっと海にあこがれていたのだろう。兜太氏と同じように、まだ何のかたちにもなっていない「青春の夢」を波間に浮かべて、眩しく眼を細めて見つめていたのだろう。

しかしただ一つ、兜太氏と違うところがある。この海は故郷の和歌山に通じているということである。埼玉には海がない。だから兜太氏にとって海は、ほんとうに純真なあこがれだったに違いない。それに比べて紀伊半島は海に接し囲まれているので、この相模湾から太平洋を渡っていけば、やがて故郷の和歌山に帰りつくことができるのである。

大学生だった僕は湘南の海を見ながら、自分でも気づかぬうちに、その向こうにある故郷の海を見つめていたのだった。僕の双眸《そうぼう》は真っ青な郷愁の色に染まっていたのである。

それが東京に来て、しきりに海が恋しい原因になっていたのだろう。

上京して二十五年になろうとするが、あれからずっと海にあこがれ続け、僕の郷愁は消えることがない。その思いが海辺に引っ越しをしようという決意につながった。

引っ越しは決意だけではできないので、早速物件を探しはじめた。不動産屋に足を運びたかったが、時間がなかったので夜寝る前にインターネットで物件を検索した。探しはじめて数ヶ月経ち、半ばあきらめかけていた頃、ある一つの物件に眼が釘付けになった。

建物の外観写真が最初にくる物件紹介が多いなか、その物件は「スーパーオーシャンビュー」と銘打ち、海原だけが写った写真が載っていたのだ。一瞬眼を疑ったが、ここだ！　と閃いた。海が手招きしているようだった。家賃などの条件もぴったりだ。すぐに不動産屋にメールを打ち、翌日電話をしてその物件に興味があることを伝えた。そうして不動産屋を訪れた初日に、まだ人が住んでいて内見もできない状態だったが、「こんなに海が一望できる物件はめったに出てこないですよ」という店長の太鼓判も後押しして移住を決めたのであった。

そんな電撃的な物件との出会いがあって、ついに昨年僕は海の見える湘南の片隅の町に引っ越してきたのである。

今、故郷につながっている海原が、リビングの窓の向こうに眩しく広がっている。学生時代に抱いた真っ青な郷愁がしんしんと疼《うず》くように蘇《よみがえ》ってくる。海を眼の前にしながら、さらなる遠い遠い海が恋しくなる。この誰にも届かない恋しさほど、甘美で淋しいものはない。

ふるさとにつながる海や南風　　裕樹

時の驕り

湘南の片隅の町に引っ越してきて、毎日海を眼にする暮らしがはじまったのだが、一階のリビングの窓が一番大きくて、波打際から遥か沖のほうまで海原を見渡すことができる。

この窓は海を借景にして、いろいろなものがよぎっては去っていくので見ていて飽きない。額縁のような窓枠の向こうには、絶えず太平洋の息遣いがあり、空から波間へと降り注ぐ日差しが不意に翳《かげ》ったり強まったりする光景のなかに、移りゆく自然の躍動を感じ取ることができるのだった。この窓を五線譜の音符のように跳ねながら、アオスジアゲハが通り過ぎていくことがある。海光《かいこう》にまぎれることなく、上下に細かくステップを踏むように青々と煌めきながら、空の果てへと消えてゆく。

アオスジアゲハはその名の通り、黒の翅《はね》にコバルトブルーの帯が縦に入ったまことに美しい揚羽蝶である。僕たちがよく見かける黄白色の斑文を持ったナミアゲハや黒色のカラスアゲハは、比較的ゆったりと舞うけれど、それらより小型のアオスジアゲハはどこか急いでいるように敏捷に飛び回るのだった。

この日も朝食を食べながら窓の向こうを眺めていると、素早い動きで上下を繰り返しつつ、翅を閃《ひらめ》かせてアオスジアゲハが通り過ぎていった。それが去ってからもなぜか僕の脳裏には碧《あお》の閃きが消えずにいた。その碧の残像がどこかに結びつきそうだった。そうしてしばらくのあいだ、アオスジアゲハのいなくなった窓の向こうの沖を眺めていると、ふいにむかし見上げたことのある蝶々の記憶が蘇ってきたのであった。

高校生の頃から下手な小説を書いていた僕は、大学を卒業しても就職せずに、フリーターになった。就職氷河期と言われた時代でもある。なれるあてなど全くない小説家を目指しての無謀なアルバイト生活だった。案の定アルバイトをしながらの執筆はままならず、筆はほとんど進まなかった。

その当時いくつかアルバイトをしたけれど、古本屋での仕事は小説家を目指している僕にとっては好きな本に触れられるのでわりあい長く続いた。店舗のなかで古本を磨いたり棚の整理をしたりレジを打ったりするのが日課だったが、たまに出張に行かされることもあった。出張といっても遠征ではなく、東京近辺の駅前やスーパーマーケットの前でワゴンに古本を並べて売るのである。

古本屋は一般的に暇そうなイメージがあると思うが、出張のときはあくびなどしている時間がないほど忙しかった。なかなか客足が途絶えず、ずっと立ちっぱなしでレジを打っては散らかった古本を頻繁に整理しなければいけないのでくたくたになった。

朝から一度も座らずに、人々が押し寄せる駅前で接客や陳列をし続けて、ようやく店番を交代する昼休みには、両足が完全に棒になっていた。けだるく足を運びながら、近くの公園のベンチで昼食を取った。あれはたしか三軒茶屋だった。

小さな公園のベンチに腰掛けて、スーパーで買った安い海苔弁当を掻きこんで茶を飲んでいると、突然何かが天から降ってきた。それから僕の眼の前をすっと横切ると、ふたたび上昇してゆき、やがて空の青に陽光に溶けて見えなくなった。

「アオスジアゲハや！」と気づいた数秒後にはもう見失っていたので、一瞬青光りしたその姿がまるで幻のようで、かえって鮮烈な残像が胸に焼きついた。そして僕は、「そうか、東京にもアオスジアゲハがおるんやなあ」としみじみ心のなかでつぶやいた。

故郷の和歌山では当たり前のようにアオスジアゲハを見ていたが、東京の街で眼にするのは初めてだったのだ。車の騒音が絶えない街中にぽつんとある公園のベンチからアオスジアゲハが去っていった窮屈な青空を仰ぎ見た僕は、故郷の山河に思いを馳せた。やたら和歌山の光景が眩しく心に映し出されると、急に今いる東京の景色が侘しく薄暗いものとして胸を圧迫した。そうして自分はいったいここで何をしているのだろうと思った。アルバイトの金だけでは食べられず、たまに親の臑《すね》をかじって仕送りしてもらいながら碌《ろく》に文章も書かずに無為に過ごしている自分が、たまらなく情けなくなった。

「俺は就職もせんと、取り返しのつかんアホなことをしてるんちゃうやろか」、そんな不安な鬱屈した気持ちを無理矢理押し殺して重い腰を上げると、僕はとぼとぼと駅前に戻っていった。二十二歳の夏のことである。

碧揚羽通るを時の驕りとす　山口誓子

この句のように、アオスジアゲハと巡り合う時間はほんとうに贅沢だと思う。「時の驕り」とは最大限、アオスジアゲハの美しさを讃えた表現であろう。夢を見るばかりで迷い道の真っ只中にいた二十二歳の僕が、三軒茶屋の公園のベンチに座って見上げた、あの一瞬の碧は今でも忘れることのできない時間であった。あの二十二歳の痛々しい時間を経たからこそ、今湘南の片隅の町のアオスジアゲハに巡り合ったのだ。

かつてあの公園で一瞬にして心を奪われ、一瞬にして見失ったあの碧をいまだ追い求めるように、僕はきょうも遥かな沖を見つめる。そしてもし、あの頃の自分の肩をぽんぽんと叩けるのなら、「お前の道は曲りくねっていろいろ難儀するけど間違ってないで。絶対あきらめたらあかんで」と声をかけてやりたくなるのだった。

どこまでも青筋揚羽追ひたき日　裕樹

台風の夜に

昼間はまだ青みを帯びていた海面もしだいに濁りだし、暮れはじめた頃から、だんだん波音が高まってきたのがわかった。やがて本格的に荒波となり、強風がリビングの大きな窓に容赦なく叩きつけはじめた。地鳴りのような大波の砕ける音が、海まで徒歩一分の我が家を底から揺るがすようで、疾風《しっぷう》がびゅうんびゅうんと窓を撓《しな》らせた。

テレビの天気予報を睨みながら、台風21号の進路を確認する。どうやら今回の台風は関西地方が大きな被害を受けそうだった。僕の故郷の和歌山も間違いなく巻き込まれる。

和歌山は言わずとしれた台風の通り道だ。台風を報《しら》せる天気予報では、決まって「潮岬《しおのみさき》」という言葉を耳にする。潮岬は毎度台風が寄り道をしていく本州最南端の岬である。

和歌山に住む両親や妹のことが少し心配ではあったが、「まあ、台風には慣れてるから大丈夫やろ」と思い直した。

颱風をよろこぶ子等と籠りゐる　篠原鳳作

小学生の頃、台風が来ると、胸の高鳴りが抑えられなかった。なぜなら台風の強さや進路によって、学校が休みになる可能性があったからである。連絡網の電話を受けた母から休校を知らされると、僕も妹も飛び上がって喜んだものだった。

この句の子ども達も休校になったかどうかはわからないけれど、親の心配をよそに、家のなかで嬉しそうにぴょんぴょん跳ね回っている光景が眼に浮かぶ。

今回関東にはそんなに影響しないだろうと思っていた台風だったが、海の間近だからだろうか、とにかく風が凄まじい。窓ガラスの揺れが尋常ではなくなってきたので、雨戸を下ろすために窓をいったん開けた。刹那に強風によって全身を鷲《わし》摑《づか》みにされ、衣服がはぎ取られそうになる。慌てて雨戸を下ろすと、家中のそれらを閉めて回った。

オーディオから流れるジャズを切ることも忘れて、すでに各地で出始めた台風の被害をテレビで観ていると、リビングの電灯がちかちかしはじめた。これはまずいと思った。まだ夕食を済ませていなかったので、電気が点いているうちに食べてしまったほうがいいと支度をはじめてすぐに、電灯、テレビ、オーディオが一斉にぷつりと途絶えて真っ暗になった。

ひっきりなしに雨戸を揺らし続ける海風の唸りのなか茫然となる。久しぶりの停電を味わうことになった。「ああ、早めに夕食を済ませて風呂に入っておけばよかったな」と後悔したが後の祭りである。

机の上に置いてあったキーホルダーサイズの豆電灯を灯《とも》して手に持ち、蠟燭に火を付け、太陽電池で灯るバリ風の松明に似せた明り二本のスイッチを入れた。懐中電灯を買おう買おうと思って、結局備えていなかったことを心底から悔いた。それらのすべての明りを食卓に寄せ集めて、朝のうちに買っておいた出来合のメンチコロッケとポテトサラダとパンを食べる。食べながら、冷蔵庫の中身の行く末を考える。このままでは冷凍庫の氷が溶け、保存していたカレーやご飯が溶けて台無しになる。幸いアイスクリームは入っていなかったけれど、電源が落ちた冷蔵庫の掃除はたいへんだろうなと気分が塞いだ。とにかく扉は開けないでおこう。いまある冷気でできるだけ冷蔵庫の温度を保ったほうがいい。

そんなことをぐるぐる考えながら食べ終えると、一応家中の電気のスイッチを確かめることにした。すると、どうしたことか一階の洗面所の電気が何の支障もなく灯ったのである。「あれ？」と不思議に思いながらも自然に笑みがこぼれた。「やった！　生きてる電気があるぞ」、急に希望が湧いてきて二階に上がって他のスイッチを確かめると、書斎の電灯も灯った。「よし！　少なくとも本は読める。これでなんとか台風の夜を遣《や》り過ごすことができる。明日、電力会社に電話すれば全面復旧するだろう」と落ち着くことができた。

しかし依然、冷蔵庫の電気は死んでいる。一度だけさっと扉を開けて確かめてみたが、やっぱり中は暗いままだ。ふたたびぐるぐる考えながら、生きている電気があるということは、生きているコンセントがあるに違いないと確信した。

そういえば、物置のなかにたこ足配線があったはずだ。もし生きているコンセントがあれば、たこ足を使って冷蔵庫の電源を確保できるかもしれない。それから電気の付いた洗面所付近にあるコンセントにドライヤーを差して、電気が通っているかどうか確かめた。どれも駄目だった。淡い希望が消えると、この家はいったいどんな電気配線になっているのだろうと訝った。

最後の望みだ。台所付近にあるいくつかのコンセントも試してみる。三つ目のコンセントにドライヤーを差し込んだ瞬間だった。ごうと鳴り出して熱風を吐き出したのである。「よっしゃ！」とガッツポーズした僕は、慌ててたこ足配線をそのコンセントにつなぎ、冷蔵庫の電気を確保した。扉を開けると、明りが灯っている。冷蔵庫が息を吹き返したのだ。冷凍庫の氷は少しだけ溶け始めていたけれど、これくらいなら問題なくまた凍っていくだろう。

こうして奇跡的に冷蔵庫の憂いが解消すると、僕はなんと電気とはありがたいものだろうと噛みしめた。それから二階の書斎に上がり電灯を灯して、読みかけの岩波文庫の『エミール（上）』を開いた。『エミール』は自然崇拝者でもあるルソーの教育論である。

ジャン＝ジャック・ルソーはその本のなかで、「子どもを愛するがいい。子どもの遊びを、楽しみを、その好ましい本能を、好意をもって見まもるのだ。口もとにはたえず微笑がただよい、いつもなごやかな心を失わないあの年ごろを、ときに名残惜しく思いかえさない者があるだろうか」と語っていた。

そのくだりを眼にした僕は、小学生の頃、あんなに浮き浮きと台風が来るのを待ち望むことができたのは、自分を庇護してくれる親がそばにいたからだと気づいた。僕と妹だけでは、きっと台風にひたすら怯えていたことだろう。

台風の轟音に包まれた停電の夜の読書は、日常当たり前のようにある電気のありがたさを思い知るとともに、「いつもなごやかな心を失わないあの年ごろを」思いがけず振り返るひとときとなったのだった。

台風やわれに妹じやれついて　裕樹

箱河豚を弔う

海の近くに暮らしていていいのは、すぐに浜辺に下りて散歩ができることである。家の傍にある小径をとんとんと下っていくだけで、あっという間に浜辺に着いてしまうのだ。以前、小田急線の新百合ヶ丘に住んでいた頃は、「よし、きょうは海を見に行こう！」と、しばらく逢っていない愛しい恋人にでも逢いに行くような、ちょっと余所《よそ》行きの心構えが必要だった。それはそれで胸の高鳴りもあっていいものだけれど、しばらく電車に揺られていかなければいけない。そうして時間が来ると、愛しい恋人を置き去りにして、ふたたび電車に乗って帰らなければいけない。もしできることならその恋人を家まで連れて帰りたいところだけれど、そうもいかない。この海との別れが名残惜しくて、なんだかいつも切ないのである。

しかし海辺に住んでいると、常に自分の傍に海が寄り添って波音を聴かせてくれる。浜辺を散歩して家に帰ってきても、海との距離が少し変わっただけで、ついさきほど歩いていた浜を窓から見下ろすことができる。手の届くところにいつも海の気配が感じられるのだ。というわけで、海辺暮らしの浜の散歩は何の心構えも気負いもなくていいのである。

浜辺に下りると、海風が僕の全身を包みこみ、鼻孔いっぱいに潮の香りが広がって通り抜けてゆく。家の窓を開けていると、海風はもちろん入ってくるけれど、浜とは潮の香りの濃さが違う。浜の潮の香りは濃い。その香りは数えきれぬ多種多様な生き物のいのちを孕《はら》んだ、太古から累々と蓄積された悠然たる濃厚さで優しさをもって迫ってくる。

遥かな沖を見つめつつその香りを鼻孔から思いきり取り込んで肺を満たして吐き出す。何度か深呼吸を繰り返す。すると、胸の中にわだかまっていたものが、すうっと抜け落ちていくような感覚に満たされ気持ちが晴れやかになっていくのだった。


チャップリンの靴が片方秋の海　磯貝碧蹄館

僕が散歩する浜では見かけたことはないけれど、この句はチャップリンの靴の片方が落ちていたというのだ。だが実際にチャップリンが履いていた靴が落ちていたわけではない。おそらく映画のなかでチャップリンが履いていた形状に似た靴が落ちていたのだろう。あの独特の丸みを帯びた靴はクラウンシューズというらしいけれど、道化師が履くような靴の片方が秋の渚に横たわっている光景は、おどけ方を忘れた有り様でどこか哀しいものである。またもう少し突っ込んだ解釈をするならば、映画『黄金狂時代』のチャップリンが空腹のあまり革靴を茹でて食べる有名なシーンとこの句の片方の靴が重なって見えてくるかもしれない。

そうすると、いっそうこの句にペーソスが感じられるのである。

浜辺の散歩の楽しみはいくつかあるが、地引き網を終えたあとのそぞろ歩きは胸が躍るものだ。この浜では時折観光客用の地引き網が行われていて、漁師が仕掛けた網を何十人もの手で海から手繰り寄せていることがある。その時必ず食べられない魚が浜に打ち捨てられる。その魚を見て回るのがおもしろいのである。魚屋やスーパーでは見かけることのない、不思議なかたちをした深海魚をはじめ、サメやエイがぞんざいに捨てられているのだ。それらはどれも静かに転がっている。そうして言いかけた言葉を呑み込んだような、どこかしら淋しそうな表情をしていることが多い。

時には乾ききった箱河豚《はこふぐ》がまだらな茶色に変色して転がっていることがある。ミイラになったそれは何か言いたげな口を突きだし、どこに向かってでもなく硬く尖らせているのだった。持ち上げてみると、袋入りのポテトチップスよりも少し重いくらいの亡骸である。人間の仕掛けた地引き網に思いもよらず引っかかってしまい、石ころだらけの浜に打ち捨てられて太陽に曝《さら》されつづけ、人にも鳥にも猫にも見向きもされずに、潮風に吹かれるがまま転がっている箱河豚は、チャップリンの片方の靴よりもあわれといえる。

せめて海に返してあげようと乾ききった箱河豚を渚から引く波にそっと乗せてやる。でも、あまりにも軽くなりすぎた亡骸は、すぐにまた打ち上げられて戻ってきてしまう。だから、今度は海に向かって思い切り放り投げてやった。ちょっと手荒いやり方だけれど、しょうがない。浜で干からびて粉々になるのをじっと待つよりも、箱河豚は生まれ育った海に帰って溶けていったほうがいいだろう。

村上春樹の『1973年のピンボール』では、エキセントリックな双子と一緒に〈僕〉が、雨の降る貯水池に不要になった配電盤を投げ入れるシーンがある。そのときお祈りの文句として、〈僕〉はカントを引用し、「哲学の義務は（中略）誤解によって生じた幻想を除去することにある。……配電盤よ貯水池の底に安らかに眠れ」と唱えて、〈右腕を思い切りバックスイングさせて〉配電盤を放り投げるのだが、僕は黙って箱河豚を海に投げ入れた。

箱河豚は小さな弧を描いたかと思うと、海面に音もなく軽々と着地して、やがてゆらゆら漂いながら、今度はもう帰ってこなかった。

火を恋ふや河豚の骸を海に投げ　裕樹

ミキサーを求めて

湘南の片隅の町に引っ越してきて変わったことの一つに毎日の食生活がある。

朝は野菜ジュースを飲むようになった。以前から野菜ジュースの朝食に憧れのような思いを抱いていた。自分で作った野菜ジュースを朝から飲む行為には、どこか「都会的な香り」がするように思っていた。和歌山から出てきた田舎者の僕には、この都会的な香りに弱いところがある。冷静に見て自家製野菜ジュースに都会も田舎もないとは思うのだけれど、要は雰囲気のようなもので、都心に出て働くのに必要な栄養素がスマートに凝縮された、絶対有効的朝食だと思い込んでいるふしがあるのである。

それで野菜ジュースを作るには、先《ま》ずミキサーが必要だということで、引っ越してきてすぐに一台目を買った。一台目というのは、すでにそれは壊れて捨ててしまったからである。包丁で刻んだ人参、林檎、セロリをミキサーに入れて廻すには、なかなかパワーが必要なのだ。何のパワーかというと、ミキサーそのものの野菜を廻して切り刻んでいく動力である。一台目は造りが華奢だったので、使い始めて数ヶ月したある朝、いつものようにスイッチを入れて廻していると、急に勢いを失ってヒューズが切れたみたいに動かなくなった。連続使用二分の限度を明らかに超えて使っていたときもあったので、ついにモーターが悲鳴を上げて絶命したのだろう。

次は頑丈なのを買おうと思い、大手量販店に行って、店員の講釈をいろいろ聞きながら吟味して購入した。なんでも掃除機を作っているメーカーでモーターが頑丈だという店員の力説を信じて買ったのだが、これも使い始めてすぐに駄目なことが判明した。

何が駄目だったのか。それは野菜を細かく刻んでくれないところである。つまりきちんとしたジュースにならないのだ。いくら時間を掛けて、その頑丈なモーターとやらをがんがん廻してみても、ミキサーに使用されている刃が小さ過ぎて、切り刻まれていない野菜のダマが残ってしまうのである。だから、野菜ジュースをごくごく気持ちよく飲むことができない。飲んでいる途中で野菜のダマを嚙みつぶしながら飲み干さなければいけないのだ。この行為には都会的な香りが全くしない。

購入時、店員はモーターの馬力を力説するばかりで、全然刃の大きさや枚数や鋭さなんかには触れてくれなかった。そんな大事なことをなぜ、都会的な香りだけを追い求めてきた、ミキサーに関してド素人の僕に教えてくれなかったのか。おまけにミキサーを廻しているときに、ガラスのカップとプラスチックの接続部分からジュースが漏れてきた。これは全くいかん。けしからんことである。このダマ問題と漏洩問題でやむなく二台目も廃棄処分となった。

こうやって書いていると、忘れかけていた二台目ミキサーの駄目さ加減が克明に思い出されてきて、購入して一ヶ月ばかりで破棄する羽目になったやるせなさや怒りがふつふつと蘇ってきた。勢いその量販店の名前とミキサーのメーカー名を書き付けてやろうかとキーボードを叩く指先につい力が入るが、やめておくことにする。僕が言わなくても、他の購入者から苦情は来ているだろう。

で、いま使用しているミキサーが三台目となる。ここまで読んでくださった皆さんは今度のは大丈夫かと心配してくれていると思うけれど、大丈夫。三台目はかなり慎重に購入した結果、極めて順調に稼働している。この二度の失敗を活かさない手はない。いや、活かさなければならぬという強い使命をもって新しい店を選んで、そこの店員に今までのミキサーの駄目さ加減を漏れなく伝えた。すると、鋭くて大きな三枚刃の、モーターの頑丈な壊れにくい大手メーカーのミキサーを薦めてくれた。ここではメーカー名を強調しておく。ＴＩＧＥＲである。最初からＴＩＧＥＲのミキサーにしておけば、こんなに苦労して散財することはなかったのだ。

思えば、僕は獅子座生まれの寅年であった。なぜ、こんな僕にとって縁深いネコ科の社名を冠したＴＩＧＥＲを最初から選ばなかったのか。悔やんでも悔やみきれないのである。

しかしながらやっと辿り着いたＴＩＧＥＲのミキサーのおかげで、毎朝健康的で都会的な香りのする野菜ジュースを美味しくいただきつつ、海の眺望を堪能している。野菜はできるだけ地元の野菜を使うようにしている。無農薬のものがあれば、それに越したことはないが、そんなにこだわらない。野菜ジュースにはひと匙のレモン汁と亜麻仁油を必ず入れる。亜麻仁油にはオメガ3という体にいい成分が含まれているらしい。オメガ3とは魚油に含まれているDHAやEPA、α‐リノレン酸などの総称らしいけれど、この単語の響きにもどこか都会的な香りがぷんぷんするのである。実にいい響きだ。

最近はこの野菜ジュースと、ナチュラルチーズをのせて焼いたトーストの上に、半熟のたまご焼きを加えて塩胡椒して食べている。我ながら今ではすっかりこの朝食に満足しているけれど、住んでいるところは都会的な香りはなく、波音と鷗《かもめ》や鳶《とび》の鳴き声がとどく田舎暮しである。都会的な香りを求めながら、田舎を恋うこの気持ちの矛盾。こういうのを西田幾多郎のいう「絶対矛盾的自己同一」と見なしてもいいのだろうか。いや、そんな単純な言葉ではないはずだが、都会と田舎というある種対立した環境を同時に享受したい僕の欲求が一つとなって、湘南の片隅の町の生活に繋がっていることは間違いないだろう。

きょうもリビングの大きな窓の外の海原を眺めながら朝食をとった。小春日和だったので、窓には海からの日差しが溢れて冬とは思えない暖かさであった。ちなみに「小春」「小春日」「小春日和」は冬の季語になっており、立冬を過ぎてからの春のような暖かい陽気をいう。

玉の如き小春日和を授かりし　　松本たかし

「玉」には美しい石や宝石の意味がある。また「玉の」のかたちで美しいものの形容ともなるので、この句は天から賜った小春日和をまるで綺麗で無垢な赤児を授かったように讃えているのだ。

野菜ジュースを飲みながら、この句のような小春日和を授かった窓を見ていると、ふいに海を背景にして紋白蝶が現れた。ふらふらというよりも力強い速さで日差しを駆け上っていったのである。これは珍しいと思った。冬の蝶はたいてい弱々しく飛んでいることが多いのに、この勢いは何だろう。やはりこの小春日和の太陽の力を得た躍動だろう。その冬の紋白蝶の突然の上昇にいのちの喜びを見て取り、僕は胸が熱くなった。そうして野菜ジュースを飲み干すと、「よしっ!」と気合いを入れて、都心に出掛ける準備をした。

蝶のぼりゆくは歓喜ぞ小春凪　　裕樹

生牡蠣礼讃

湘南の片隅の町に引っ越してきて、家で生牡蠣《なまがき》を食べる習慣がついた。もともと生牡蠣が好きで料理屋にそれがあると、必ずと言っていいほど注文していた。レモン汁をかけたその白く光る果実を牡蠣殻からやさしく吸い込むようにつるりとやる瞬間、官能的に唇に触れていく。口のなかに転がり込んだその果実を噛みしめると、一瞬にして弾けてレモンと訳もなく溶け合う。それからその食感に意識を集めながら、遠くの海鳴りに耳を澄ますように眼を閉じるのである。すると、得も言われぬ潮の香りがみるみる膨らんでゆき、口腔に小さな海が現れるのだ。あの感覚がなんとも堪らないのである。

今までで生牡蠣を食べた印象深い場面を挙げるならば、僕が六本木ヒルズの三十五階で働いていた時代にさかのぼる。

巷では頻繁にヒルズ族などともて囃《はや》されていた頃、三十代に入ったばかりの僕もあの馬鹿でかいビルディングに通勤していた。今から考えると、自分でもヒルズで働いていたなんてちょっと信じられないことである。でも、僕はヒルズ族と言われていた羽振りのいい社長や重役クラスではもちろんなくて、企業に雇われたしがない一社員であった。俳人と呼ばれる以前のサラリーマンだった僕は、企業専属のライターとして日々広告やパンフレットなどをデザイナーと組んで夜更けまで制作していたのである。

その勤めていた企業はM&Aを繰り返し、どんどん事業規模を拡大していったのだが、ある飲食会社も買収した。買収したあと、銀座にオイスターバーを開店することになり、そのオープニングパーティーに僕も社員として参加したのである。

そこで人生で初めて、僕はドン・ペリニヨンというものを飲んだ。味はどうだったかというと、「そうか、これがドンペリなんや。うん、さっぱりしててなかなかいけるやん」くらいの感想である。だって、シャンパンなんて普段飲みつけない僕には、他の銘柄と比較しようもないし、ドンペリという名前にもたれ掛かって野暮丸出しの味わい方くらいしかできないのは当然である。

ただドンペリの白と生牡蠣との相性がやたらいいということだけは野暮な舌でもなんとなくわかった。どこの産地かは覚えていないけれど、きっとその時の生牡蠣も最高級なものだったに違いない。そんなドンペリの初体験とともに、あの時の生牡蠣は美味しかったという記憶が今でも残っている。

それからもう一つ印象深い場面を挙げるならば、角川春樹さんによく連れていってもらったイタリアンレストランでの生牡蠣である。

俳句の世界には「結社」という集団がある。俳句に無縁の人に話すと、「秘密結社みたいなものですか？」と冗談交じりに訊かれたりするのだけれど、僕は一時期、角川春樹主宰の「河」という結社に所属していたのだった。

角川春樹さんと言えば出版社社長、映画監督、プロデューサーの印象が強いが、俳人でもある。その春樹主宰の俳句に惹かれて僕は「河」に単独で飛び込んでいった。やがて六本木ヒルズの会社を辞めて、「河」編集部で働くという曲折を経るのだが、編集長になった僕はとにかく春樹主宰のお伴をすることが多かったのである。

そのイタリアンレストランにも句会が終わったあとなどによく連れていってもらった。僕はそこで初めて生牡蠣にトマトケチャップを添えて食べることを覚えたのだった。

「ゆうきもケチャップ、つけるか？」

春樹主宰に訊かれたとき、正直ちょっと戸惑った（ちなみに俳句の世界ではファーストネームでやり取りするのがふつうである。松尾芭蕉のことは「芭蕉」ですよね。松尾とは呼びませんよね？）。で、なぜ戸惑ったかというと、生牡蠣にはレモンと思い込んでいたからである。ケチャップなんて合うのかなと半信半疑で、それを添えて生牡蠣を食べてみると、これがいけた。甘みと酸味とを併せ持つケチャップが、口中で牡蠣と中和しつつ円《まろ》やかに広がる風味が絶妙であった。

そんな料理屋での生牡蠣の思い出はあるが、僕のなかでは家でそれを食べる発想が全くなかったのである。しかし海辺の町に引っ越してきて、ある魚屋を知ってからその概念が変わった。その魚屋は地元の魚介類を中心に、他府県の海鮮も扱っているのだが、店先に発泡スチロールに入った殻付きの生牡蠣を置いている。木札に走り書きされた「生でいけます！」という文字を見て、もしアタったら恐いなあと思いながらも、「よし、じゃあ一回食べてみるか」と、牡蠣のふたを開けてもらった状態のものを家に持ち帰って食べてみたのだった。

　これが美味しかったのである。そして産地や季節、牡蠣の大小などによって、それぞれ味に特徴があることにも気づいた。ひとくちに生牡蠣といっても、こんなに味が違うんだということが、その魚屋で吟味して家でじっくり味わうことでわかってきたのである。

「牡蠣」は冬の季語に分類されており、まさに旬の時期は冬季である。夏場の大きくてクリーミーな岩牡蠣も美味しいけれど、冬場の小ぶりな牡蠣が僕の好みである。特にその魚屋でよく仕入れがある兵庫や三重で獲れた小ぶりの牡蠣がいい。値段も一個百円だったりして安い。小ぶりだけれど、凝縮された旨みがしっかりと舌を包み込んでくれるのだ。


　牡蠣にレモン滴らすある高さより　　正木ゆう子

　この句のように牡蠣にレモンの果汁をしぼるとき、たしかに「ある高さ」がある。このようななんでもない一場面でも俳句になると、鮮明な映像となって詩情が生まれる。この牡蠣にもこのレモンにも、光り輝くいのちが感じられるのだ。また「ある高さ」にレモンをつまんだ指先のフォルムと繊細なしなりまで、こちらに伝わってくるようである。

　僕の定番の生牡蠣の食べ方は、地元で採れたレモンの果汁をしぼり、そこにポン酢を少し垂らすというものだ。でも、たまにおもしろい食べ方をするときがある。それはシングルモルトウイスキーの「ボウモア12年」を垂らして牡蠣と一緒にすすりこむのだ。これがまあ、不思議なハーモニーだこと！

アイラ島の潮風の匂いが染みこんだボウモアのひと癖ある風味が、牡蠣の潮の香りと混ざり合って、口のなかで静かなスパークを起こすのである。実際アイラ島の人たちはこの独特の食べ方を日常的にしているらしい。

日本の生牡蠣にスコットランドのボウモアを垂らすことで、アイラ島と島国日本がつながるような、太平洋と大西洋が出会ったような妙に趣深い越境的な感覚と味覚が感じられるので、興味ある方はぜひお試しあれ。

しんしんと牡蠣にボウモア垂らすべし　裕樹

窓拭きの褒美

十二月二十九日、季語でいうと「年の暮」とか「数へ日」（あと何日かで新年という年末の数日のこと）とかの季語に当たる時節、大掃除とはいかないまでも、少しだけ普段行き届いていいなかったところを綺麗にしようと思った。それでリビングの大きな窓を磨こうと思い立ち、脚立を持って庭に出たのだった。

リビングの窓はすべて海に面しているので風雨をまともに受けてすぐに汚れてしまう。特に台風の季節は汚れやすく、磨いてもまた台風が来たら元の木阿弥で、日々の忙しさにかまけていたこともあり掃除をする機会をずっと逃していたのだった。それだからよけいに掃除のしがいがある。

納屋からホースを引っ張り出してきて先端を蛇口につなぎ、水流をストレートにして勢いよくどんどん窓ガラスにかけていく。幸い暖かな日差しが降り注ぐ湘南日和だったので寒くはなかった。窓ガラスに四散する水しぶきから小さな虹が美しく立ち、時折背後の太平洋を見渡したりしながらしばらく水をかけ続けた。そのあとは窓拭きワイパーを使ってガラスの上から下へゆっくりと隅々まで磨いていった。ホームセンターで購入した「プロ仕様　汚れがみるみる落ちる！」と謳《うた》われていたワイパーだけあってほんとうにあっという間に綺麗になっていく。そうやってリビングの大きな窓四枚と風呂場の窓二枚を磨き上げた。そう、この家は風呂場からも海が見渡せるのだ。

このように文章にすると、それほどたいしたことのない作業のように思えるかもしれないけれど、夏場だと汗がしたたり落ちるし、冬でも汗ばむほどの一仕事なのである。

海辺の家の窓掃除はたいへんだということを毎回実感するのだが、よしこれで終わったと思い、庭の枯れ草を踏んでホースをリールに巻き付けていると、縁側にぴょんと飛び乗ったものがあった。ちょっとびっくりして眼を向けると、バッタだった。

茶褐色の殿様バッタで、こんな季節に珍しいと胸がときめいて摑まえようとしたが逃げられてしまった。しかし全盛期の殿様バッタに比べると、逃げ足が遅かった。バッタは秋の季語なので、十二月の末に見られるのはほんとうに珍しい。今年は暖冬なので枯れ草のなかにじっと潜んで生き延びていたのだろう。

しづかなる力満ちゆき蝗螽とぶ　　加藤楸邨

今まさにバッタが飛ぼうとするときの様子をうまく捉えた句である。バッタの長い後ろ脚の先まで静かな力がだんだんと満ちていって、漲《みなぎ》ったところで蹴り出し、バネが弾けるように飛び出すのだ。これが全盛期の頃の元気のよい飛び様である。先ほど出会った殿様バッタにはこの勢いがまるでなかった。「しづかなる力」を満たせないまま、ぎりぎりのところで僕の手を躱して弱々しく飛んでいったのだった。

僕は枯れ草のなかに姿を隠した殿様バッタを一度は捜し出そうとしたが、なんだかそれを摑み出すのも哀れに思えた。そして庭の枯れ草を眺めながら、さっきのバッタはほんとにいたのだろうかと訝しんだ。極月《ごくげつ》の幽《かす》かな幻を見たような気分になった。

それから縁側に座って、なんとなくまた枯れ草を見下ろしたりしていると、今度は久しく見たことがなかった懐かしいものを発見した。縁側のすぐ隣に設置している室外機の下のほうにカマキリの卵を見つけたのである。

「おっ！」とまた胸がときめいた。

カマキリの卵は正確には卵鞘《らんしょう》というらしいが、一見泡状のようで、でも触ってみると、スポンジよりも硬い感じの茶色の塊である。この断熱材のような造りが、中にある何百もの卵を守っている。しかし何百もの卵がすべて無事に成虫になるわけではなく、その中の数匹だけが外敵から逃れ生き残ってあの立派な鎌を持ったカマキリに成長するのである。

子どもの頃はよくカマキリの卵を見かけたものだが、カマキリの数も減りつつあるのだろうかと少し心配になった。むかしは当たり前に見かけたものが知らぬうちに見えなくなっていることが最近多いような気がする。幼い頃によく見かけた、あの蓑虫すらも少なくなったというではないか。絶滅危惧種の指定が増えていると思える昨今、もしもカマキリまでがそこに含まれるようになったなら、いよいよ地球も危機的状況なのではないだろうか。そういうふうに暗い方向に考えると、どんどん暗くなってしまうので、カマキリの卵を見つけた胸のときめきに戻すが、「蟷螂生る」「子蟷螂」などは夏の季語となり、単に「蟷螂」とだけいうと秋の季語になる。

子かまきりぞろぞろ生れて同じ貌　小島良子
蟷螂のをりをり人に似たりけり　相生垣瓜人

初冬に生み付けられた卵鞘からたくさんの微細なカマキリが孵化するのはだいたい四月頃からであり、一句目のように「ぞろぞろ」と「同じ貌」をして生まれてくる。虫の嫌いな人が見ると、卒倒しそうな光景である。

そうして成虫になるとカマキリは、二句目のように人に似た仕草をするようになるのだ。あの三角形の顔の表情が、ふとした拍子に人間のような思慮深さや妖しさや姑息な面持ちを見せたりする。人は体に鎌を備えていないが、カマキリの鎌をねぶる仕草などにもどこか人間臭さが漂っていて不思議である。

このように平成最後の年の瀬の窓拭きを終えた褒美のような、殿様バッタとカマキリの卵との思いがけぬ出会いは、胸奥を優しく懐かしく灯してくれたのだった。これも湘南の田舎暮らしのありがたさである。俳人にとっては詩嚢の肥やしにもなり得る造化の神からの貴重な季節の手紙でもあった。

行く年へ飛べるばつたや草に消ゆ　裕樹

猫の来る庭

立春も過ぎた二月某日、僕が指導している横浜の「かもめ句会」のメンバーを中心にして京都吟行に出掛けた。吟行は音だけ聞くと「ぎんこう」なので、俳句に縁遠い人に吟行してきたと話すと、そうですか……と不思議そうな顔つきをされる。明らかに頭のなかで「吟行」ではなく「銀行」と漢字変換されているようなので、いやいや吟行っていうのは吟じるの「吟」に「行」くと書いて俳句を詠む旅のことなんですよ、などと慌てて説明を加えることになる。そうすると、「あっ、そうなんですね。わたし、てっきりバンクのほうかと思って」と、やっと笑顔になってくれるのだった。それほどまだ「吟行」という言葉は市民権を得ていないようである。

さて、その京都吟行で最初に訪れたのが京都御苑だった。上京区の旧皇居である京都御所などを囲んだ公園で、僕は初めて訪れたのだけれど、なかなか広いなあというのが素朴な感想である。蠟梅《ろうばい》が咲き誇り、梅も咲きはじめていたのだが、玉砂利を敷き詰めた道に沿って六分咲きくらいの紅梅の木があった。その道を挟んだ反対の塀に猫が静かに座っていた。

みんなは「猫だ、猫だ！」「かわいい、かわいい！」と口々に囃したてながら、スマートフォンのカメラを向けたりしていた。僕は猫と紅梅を見比べつつ十七音のシャッターを切った。

恋もせで紅梅に背を向くる猫　裕樹

遠目だから野良猫なのかどうか、ちょっとわからなかったけれど、なんだか「孤高の猫」といった雰囲気で紅梅なんぞに見向きもせずに毅然と背を向けて（まあ毅然といっても鞠のように背中が丸まっているので、やっぱりかわいいことはかわいいのだが）、塀の上から御苑の向こうに広がる春寒の京都の青空をじっと見つめていたのだった。

拙句の「恋もせで」だが、「猫の恋」は春の季語で高浜虚子が編纂《へんさん》した『ホトトギス』の俳句歳時記では二月に分類されているので、その早春の猫の恋情と一応掛けている。本来なら、人間の赤ん坊よりももっと粘つくような甲高い声音を上げながら、猫同士懇ろになっていてもおかしくない季節に、塀の上で独り佇んでいるというのは、この猫、何かあったのかしらと一瞬思わせたのだった。

真顔少女過ぎ猫の恋またつづく　加藤楸邨

楸邨は猫の句をたくさん残している俳人だが、この句は僕のとは違って、遠慮会釈もなく懇ろになっている猫を描いている。その様子は少女の真顔が物語っているだろう。大胆に猫の恋が繰り広げられているそばを、少女が見るのも恐ろしいといった潔癖な表情をして足早に通り過ぎていく姿が見えてくる。

その後、二条城や南禅寺、哲学の道などに足を伸ばしたけれど、京都御苑のこの猫がなんだか強く印象に残ったまま一泊して、湘南の我が家に帰ってきたのであった。

帰ってきてからしばらくして、我が家の庭をサバトラがよぎっていった。このサバトラの歩みをリビングの窓越しに見ながら、また京都御苑の猫（キジトラだった）を思い出したりした。そして猫でも環境によって生き方がずいぶん違ってくるのだろうなあと思った。京都御苑のキジトラは観光客に見られながら一生海など眼にしないだろうし、湘南のサバトラは玉砂利の雅な道なんかには無縁でいつも海風に吹かれながら暮らしている。

このサバトラはおそらく近所で飼われていて、時々僕の家の庭に立ち寄ったり、すっとよぎって行ったりする。でもちょっと不思議なのが、だいたい僕が一人で寂しいなあと思っているときや手持ち無沙汰に海を眺めているときなんかに、ひょいという感じで突然現れることが多いのだった。そうして僕がその足取りを見ていると、向こうもじっとこちらを見つめ返して立ち止まり、しばらく見つめ合うことになったりする。

毛並みが妙にふわふわしたこのサバトラはなかなか鋭い眼つきをしているけれど、僕が寂しそうにしているときに来てくれるので、「おお、また寂しい中年男の様子を見に来てくれたんやな。おおきに、おおきに」と少し明るい気分にしてくれるのだった。

でも、窓を開けて口先で呼び寄せるようにちゅちゅちゅちゅちゅと音をさせて手を差し伸ばしたりすると（このあまり意味のないような、無意識に近い呼び寄せの仕方がどこから来ているのかよくわからないのだけど）、サバトラはびくっとなって身を引くか、一目散に逃げていってしまう。「そんなに怖がらんでもええのになあ」と胸のなかでつぶやきながら、今度来たら何か食べ物をあげてみようと思った。

ある日、また僕が寂しそうにしている隙を突くようにやってきたサバトラに煮干しをあげてみた。窓を開けた時点で逃げてしまいそうだったが、その前に窓越しに手に持った煮干しをふるふるしながらアピールして、そっと窓を開けると、僕と煮干しを交互に疑わしそうに見比べながらも逃げていかなかった。これはいけそうだと思って、そしてまたちゅちゅちゅちゅと口先で音をさせながら煮干しを振り続けてみたが、いっこうに近寄って来なかった。まだまだ警戒されている。いくら煮干しを振っても来ないので、それを千切《ちぎ》ってサバトラのほうに投げてみた。すると、落ちたところに素早く鼻先を突っ込んで食べてくれたようだった。なんだか嬉しくなって、また千切って放り投げた。すぐに食べてくれた。それでひょっとしたらもう手元まで来てくれるかもしれないと思い、煮干しをふるふるしてみたけれど、やっぱり近づいてはくれなかった。やがて全く興味をなくしてしまったサバトラは、不意に馬鹿馬鹿しいといった素振りを見せて我が家の庭を駆け抜けて去っていった。

やっぱり手元まで近づいてもらうには、あり合わせの煮干しなんかではなく、チャオちゅ

～るあたりを投入しないと駄目なのかもしれないと窓を閉めて、遥かな沖に眼を遣りながら真剣に思い返したりした。

まあまた独り寂しくしていると様子を見に来てくれるだろうから、そのときのために備えておけばいい。それにしても人間に冷たくされると、とたんに落ち込んだり嫌な気持ちになったりするのに、猫にそんなことをされてもいっこうに気にもならず、ますます愛おしいと思ってしまうのはなぜだろうか。

どんなに冷たくされても時々我が庭にふらりと来てくれる猫をいつでも温かく迎え入れる準備は僕にはできている。

うららかや猫との距離の縮まらず　　裕樹

春分の荒波

朝起きていつものように野菜ジュースをミキサーで作って飲みながら、さて、今朝はオーディオで何を聴こうかと思った。

その日の朝の気分によって、ジャズだったりクラシックだったりJポップだったり洋楽だったりするのだが、今朝手に取ったCDはシューマンの交響曲第一番変ロ長調作品38番「春」だった。華麗なファンファーレからはじまる第一楽章「春の始まり」は、まさにそのタイトルに相応しい、生き生きとした芽吹きの季節を感じさせてくれる。

野菜ジュースを飲み干してからも、しばらくソファーに座って、「春」に耳を傾けながらリビングの窓外を見ていた。きょうは風が強い。波が荒れている。窓ガラスを揺らす海風は、海上を飛び交う鳥たちも翻弄しているようだ。強風に逆らいつつ、ぐいぐい押し進んでいく鴉《からす》もいれば、風向きに刃向かうことなく胴体を基軸にして羽を舵取りのように動かしながら、滑空している鷗もいる。

鳥たちもこんな嵐の日はたいへんだなあと思いながら、ハーブティを淹れようと湯を沸かしにまたキッチンに戻る。二、三日前から少し喉の調子が悪い。なので、ハーブ専門店の「エンハーブ」で調合してもらった、喉に良いブレンドハーブティを淹れて飲む。美味しい。身体に優しく染みわたっていくようだ。前に住んでいた新百合ヶ丘のこのお店にはずいぶんお世話になり、今でもたまに顔を出して、店長のTさんやIさんと近況報告なんかをしてはハーブを買って帰る。

僕の仕事は、黙って俳句を作っていればいいかというと、そうでもない。人に俳句を教えることがけっこう多いので、喉をよく使うのだ。大学やカルチャーセンターで講義をしたり句会で話したりすることも仕事なのである。だから、喉がやられてしまうと仕事に支障が出てしまうので普段から気をつけるようにしている。それでもやはり調子が悪くなるときがあるのだった。

そんなときはハーブティや蜂蜜がケアしてくれる。今回、Tさんにブレンドしてもらった内容は、レモンバーム、リコリス、ジャーマンカモミール、マシュマロウ、ペパーミント、ヒソップ、タイム、ブルーマロウ、エキナセア、セージ。僕はハーブの知識は乏しいので、どれがどのように効能を発揮するのかよくわからないけれど、薬草でもあるこれらの草の力をいただいて、喉の調子を整えることにしているのである。

蒼茫と春の飈に富士かすむ　森澄雄

ティーカップを手に、窓外の遥かな沖に眼を遣る。空気の澄んでいるときは、窓から沖に浮かぶ伊豆大島が見えるのだが、きょうはこの句のように霞《かす》んでいる。「蒼茫と」という色合いがこの句全体を包みこみ、霞んで見える富士の偉容を讃えているようだ。同時に、春の疾風にもいっこうに揺るぎもしない富士山が青々と風の向こうに立ち上がってくるような雰囲気も感じる。

春の嵐に白く波立つ海原を見ながら、きょうはなぜシューマンの「春」をかけたのだろうとなんとなく思っていると、「あっ。きょうは春分の日だったな」とふと気づいた。

春分の日とは気づかずに、今朝の音楽に交響曲「春」を期せずして選んだことを、なんだか不思議に思った。なんとなく春分の空気を感じていたのだろうか。そういえば、この窓から見える墓域《ぼいき》に墓参りの家族連れが何組か来ていたなと思い返した。

春分は二十四節気の一つで、春の彼岸の中日に当たる。昼と夜の長さがほぼ等しいこの日、また彼岸のあいだに先祖の墓参りをするのがむかしからの習わしである。「暑さ寒さも彼岸まで」といわれるが、これから春の陽気がさらに深まってくるのだ。

俳句では「彼岸」も「春分」も「春分の日」も春の季語になっている。「春分の日」は一九四八年に「自然をたたえ、生物をいつくしむ日」として国民の祝日に制定された。「自然をたたえ、か……」と僕は思いながら、一つ大きくくしゃみをした。春の嵐のおかげで、どうやら花粉もたくさん吹き飛ばされているようである。僕はひどい花粉症ではないが、この時期になると、眼が痒くなったりたまにくしゃみや鼻水が出たりする。薬を服用するほどでもないけれど、やっぱりちょっと体調を崩しがちになる。この喉の腫れも花粉の季節によるものだろうと思った。

「自然をたたえ」というけれど、花粉症の原因になっている杉に関していえば、多くは植林によって人間の手で植えられたものだから、これがほんとうの自然といえるかどうかは疑わしい。用材のために植えられた杉がだんだん国内の需要を減らし、そのままになって大量の花粉を撒《ま》き散らしているとは因果なものである。人間が人間のために作り出す「自然」は時にコントロール不可能となり、いびつな形をとってしまうということだろう。

平成の杉の花粉の乱なりし　加藤静夫

俳句の季語というものは、なかなか貪欲なところがあって、「杉の花」「杉の花粉」「花粉症」も春の季語として取り入れている。

平成になってから花粉症は社会的にクローズアップされ、その対策が声高に叫ばれはじめたように思う。この句はまさにそれらの現象を象徴的に表しているようだ。

そうして今飛んでいる杉花粉が平成最後のものであることを考え合わせると、この句の「平成」もさらに歴史的な様相を濃くすることになるだろう。この「杉の花粉の乱」によって花粉症にかかり、文字通り泣かされている人たちがたくさんいるだろうが、これが平成最後の杉花粉と思ってみると、僕はなんだか症状による涙だけではない、眼の潤みが生じてきそうである。

　春の嵐によっていっそう荒々しさを増してきた太平洋の波立ちを見つめながら、もうすぐ平成が終わると胸のうちでつぶやいてみる。すると、そのつぶやきにかぶさるように大きな波音が、そんなことは知らぬと哄笑するように、白々と砕けては鳴り響いた。

春分の海荒れ傾ぎだすこころ　　裕樹

夕映えの宝貝

三月に入ってからにわかに選句の数が増えて、その月は約二万句を閲《けみ》した。ここでの「閲する」とは、俳句をよく吟味して選ぶということである。選句は仕事だから慣れてはいるけれど、この数はなかなかたいへんであった。

三千の俳句を閲し柿二つ　正岡子規

この句には「ある日夜にかけて俳句函《はいくばこ》の底を叩きて」という前書きがある。子規も夜遅くまで投句された三千もの俳句をひたすら閲していたのである。「柿二つ」は仕事を終えた後の己へのご褒美だったのだろう。実際、選句をすると頭は疲れるし腹も減る。子規は病床にありながら大好きな柿を二つたいらげたのである。俳句三千に対して柿二つという数字の対比を示したところが、どこかおもしろい。

僕は四月から「ＮＨＫ俳句」の第四週の選者に就任したため、その分の選句も増えた。

「NHK俳句」の選者になると、それに関わる仕事が一気に押し寄せる。選句に加えて、毎月原稿を書かないといけない。それから毎月のテレビ収録。僕が出演するのはEテレ「俳句さく咲く！」という番組だが、毎回吟行とスタジオ収録を一日で撮り終えるのである。

そんなことで三月からあっという間に四月になだれ込んでいった。四月一日には新しい元号の発表があり、テレビで内閣官房長官が「令和」という筆文字を掲げた。僕はRの頭文字ではじまる元号になると、前から予想していたので思わず大きく頷いてしまった。全くの勘で予想していたのだけれど、「令和」はとても響きがいいと思った。そしてすぐに一句浮かんでツイッターに投稿した。

仰ぎつつ花より花へ令和かな　裕樹

ちょうど桜の咲いている時期だったので、花見をしている様子を一句に織り込んだ。「花より花へ」には「平成より令和へ」という元号の移り変わりを象徴的に表したつもりである。静かに花見を楽しめるような平和が、令和の時代になっても続いてほしい。そんな願いもこの句に込めたのだった。

こうして四月を迎えてから、さらに大学の春休みも明けて講義もスタートした。二校の非常勤講師をしている僕は、湘南の片隅の町から週二日、東京の各大学に通わなければならなくなり、ますます仕事による拘束時間が増えることになった。なので、ここしばらく家の窓から海は見ていたものの、浜辺には下りていなかった。海まで数分とかからないとはいえ、仕事に追われているときは、ちょっと浜辺に下りて散歩でもしようかという余裕まで失ってしまうものだ。まあ、花粉の時期でもあったから、あまり外の空気を思い切り吸い込むこともしなかったのだけれど、ようやく一段落ついた日があったので夕方家を出て、浜へと続く小径を降りていったのだった。

久しぶりの浜辺は、やはり気持ちがいいものである。スギ花粉は終わり、ヒノキ花粉がまだ少し飛んでいるようだが、僕はもう眼の痒みも鼻水の症状もなかったので、肺から大きく息を吐き出して、潮風を思い切り吸い込んだ。そうすると、海と自分の体とが親密につながったような感覚になる。

きょうはなんだか波が大きいなと思ったら、東の方に満月が薄く姿を現していた。だんだん潮が満ちてきているのである。西の方には遥か箱根の二子山《ふたごやま》が夕焼けている。渚をぶらぶら歩いていると、いつものごとく漂流物に出会う。エイが干からびてちぢこまっていたり、点々とワカメが転がっていたりする。

かりに世にあらはれ出づるわかめかな　惟中

そういえば、「若布《わかめ》」は春の季語だったなと思い出した。この句を見ると、浜辺に打ち上げられたワカメは、たまたま浜という海と陸との境界線に期せずしてその姿をひょいと見せたように思えてくる。本来海中で揺れているはずのワカメが波間をさすらって、この俗世に何の因果か打ち上げられ、無惨な姿を曝しているようにも見える。

そんなワカメに交じって、いくつか貝も見つけたが、きょうはなぜか宝貝が眼についた。拾い集めていくと、五つの宝貝にめぐり会うことができた。潮の流れの加減で、どこかからこの浜に流れ着いたのだろう。宝貝は卵形で強固な殻を持ち、美しい模様と光沢に富んだものが多い。拾ったものは小形で、海流に数知れず揉まれてきたのか、殻の表面はくすんでいたり擦り傷が入っていたりしていた。

『広辞苑』によると、「古代中国ではこの貝の一種を貨幣として使用したので、漢字の『財』『資』など経済に関する語に『貝』を負うものが多い」とあった。さらに『ブリタニカ国際大百科事典』を調べてみると、宝貝の一種「キイロダカラ」の項目に、「古くから中国（秦の時代まで）、インド、アフリカなどでは貨幣として使われてきた。たとえば1907年の中央アフリカのコンゴ王国クバでは、ニワトリ1羽が貝300～500個、婚資が貝3500個で取引された記録がある」と記されている。世界に約二百種あるといわれる宝貝の一種はむかし、貨幣となるくらい貴重なものだったのである。

民俗学者の柳田國男も「宝貝のこと」という論文において、この貝の持つ謎に迫ろうとした。沖縄や奄美に伝えられている古謡『おもろ』に出てくる「ツシヤ」という言葉が何を意味するのかを考察し、それが宝貝のことを指しているのではないかと柳田は思い至る。そこから宝貝の世界の産地分布図を元にして、人間がこの貝をどのような位置づけで、どのように暮らしに取り込んでいったのかを推理していくのだが、その過程がなかなかにスリリングなのである。たとえば、「遠い大陸の名さえ珍しい未開人の間からも、この貝を利用した数々の神像呪物等が蒐集せられて、国々の博物館に陳列せられ、誰がどうしてあの様な奥地にまで、この貝を運び込むことになったかを怪しむばかりであるが、私はまだそれを明白に答え得た人のあることを知らない」という一節を眼にするだけでも、宝貝の妖美な魅力が伝わってくるのであった。宝貝は別名子安貝ともいわれ、安産の御守りとして今に伝えられているけれど、柳田は「南方諸島において、最初この美しい宝の貝を緒に貫いて頸に掛けていたのは、君々すなわち厳粛なる宗教女性であった」といっそう始原へ遡った考察を加えて、宝貝の神秘性を追究しているのであった。

僕は今、浜辺から持ち帰ってきた五つの宝貝をパソコンの傍に置いて、この原稿を書いているが、この貝の辿ってきた歴史的意味合いに思いを馳せると、人類の歩みに感慨を深くせざるを得ない。宝貝がただの美しい貝殻と化した現代、その貝ばかりでなく、さまざまな価値転換が数多くなされつつ、今以て人類は絶え間なく有為転変し続けている。

いったい僕のこの原稿料は、むかしの宝貝何個分の価値に相当するのだろうか。せめて美しい宝貝を三つくらいは欲しいものだ。

行く春や掌に夕映えの宝貝　裕樹

泡にありがとう

　朝起きて、リビングの雨戸を上げると、まばゆい海の光が一斉に飛び込んできて、まだ寝ぼけている僕の身体を包み込んだ。

　あまりにも五月の海が青い。沖の方は濃い碧を湛え、海原の半ばから渚の方にかけてはエメラルドグリーンといった色合いであった。船は一隻も見当たらない。浜辺を散歩しようと即決して、僕は野菜ジュースを作って飲み干すと、早速着替えて玄関を出た。

　すぐ近くに浜へと通じる小径の石段があって、海を見ながらゆっくりと下りてゆく。石段の両側は草むらになっていて、すっかり夏の茂り具合になっていた。潮風に混ざって、草いきれがむわっと立ち上ってくると、僕は肺いっぱいにそれを吸い込んだ。この草と土の香りが、僕は幼い頃から大好きなのである。

　都会にいると、なかなかこの草いきれには出会えない。だから僕は都会には住みたくないのだ。いつでも草いきれが感じられる環境にいたい。草の香りを吸い込むと、気分が落ち着いて幸せな心持ちになれる。これから夏が深まっていくにつれて、草いきれもどんどんと濃くなっていくのだ。

遠縁のをんなのやうな草いきれ　長谷川双魚

不思議な句である。遠縁の女のような草いきれとはいったいどういう意味だろうか。親しいけれど、どこかしら触れがたいような妖しい存在ともいえるし、なんとなく女のエロチックな佇まいも感じられる。遠い親戚の女の体臭に草いきれが重なって匂い立つようでもある。

石段を下りると、すぐに浜辺で鳩がひょこひょこと歩いていた。鳩の向こうには、茅花《つばな》が見える。春の季語である「茅花」は、イネ科の多年草で銀白色の穂が美しい。「茅花流し」といえば夏の季語となり、その穂がほころびる頃に吹く南風のことをいう。まさに今見ているのは、海風に絶えずその穂が揺れている茅花流しの光景であった。

もう一度つばな流しに立ちたしよ　角川照子

思い出に残っている茅花流しのシーンが、作者の胸の内にあるのだろうか。もう一度茅花の穂と一緒にあの風に身を任せたい。「立ちたしよ」という願望の表現に、作者の切々とした思いが伝わってくるようである。

生い茂る茅花のあいだに何かしきりに跳ねるものがあった。なんだろうと思って、じっと見ていると、小さなバッタがいくつも飛び跳ねていた。やみくもに跳ね回る様子がとてもかわいらしい。でもバッタにしてみれば、突然人間の大きな足が踏み込んできたのだから、びっくりして慌てているに違いない。僕は「ごめん、ごめん」とつぶやく。この小さなバッタもこれからどんどん成長して、やがて飛ぶときに、キチキチキチと翅の音を立てるような大きさになるのだろう。

茅花から離れると、波打際の方に歩いていった。ここ二、三日波が高かったので流木や木っ端やワカメが、たくさん打ち上げられていた。小蠅がたかっているエイも二匹、生乾きのような状態で死んでいた。波打際には濃い潮の香りが漂っている。これも草いきれと同じく、僕の大好物なので思い切り吸い込む。家を出てすぐに、草いきれと潮の香りを胸いっぱい吸い込めるのは、ほんとうにありがたい。空気も食べ物も美味しいに越したことはないのだ。それが人間にとってどれほど重要なことかを海辺に移り住んで日々実感している。

渚をしばらくぶらぶらしてから、ラジオを聴きながら網を黙々と繕っている年老いた漁師の傍を通って、浜辺に背を向けて歩いていく。山を縫うように大きな石段があって、そこを登っていく。その途中に寂れた赤い鳥居の神社があって、それが五月の明るさを宿しながらも、どこかもの寂しい雰囲気を醸し出していた。その鳥居をくぐると、なんだか子どもの頃の自分にばったり出会えるような気がしてくる。でも実際、鳥居の向こうにあるのは、朽ちかけた祠ばかりである。映画のようにタイムスリップはできない。

石段を登り切ったところの草木の枝にふと眼を遣ると、ところどころに白い泡がついていた。どこからこんな泡が湧いてくるのだろうか。ひょっとして蛙の卵だろうか。それにしても妙な光景である。

僕はこんな泡は初めて眼にしたので胸が高鳴った。後ほどインターネットで検索してみると、アワフキムシの幼虫が作る巣であることがわかった。カメムシ目のアワフキムシは体長五ミリから十ミリで、姿はセミに似ているようだ。その幼虫が排泄した液が泡状となって自らの巣となるそうだ。その泡のなかで幼虫は保護されながら植物の汁を吸ってすくすくと成長していくらしい。外敵の多いなかでの生き延びる知恵なのだろう。この泡は人間にとって保育器のようなものである。アワフキムシは世界に約二千種類以上いるというのだから驚きだ。

僕ら人間はふだん人間中心の世界と思い込んで生きているけれど、人間以外の生き物がどれほどこの地球上にいるのかをもっと自覚するべきだと思う。そんな自覚を持ってどうするのかと問われれば、僕ならこう答えるだろう。人間の傲慢さが虫眼鏡で拡大したように、よく見えるようになるからと。人間自身がどれだけ傲慢かを少しでも知って地球の環境のことをいっそう考えるようになれば、さまざまな生き物にとってより住みやすい惑星になるだろう。人間はどれほど驕り高ぶって、この地球の至るところを蹂躙《じゅうりん》してきたことか。

その結末を決して阿呆でもない人間はわかってもいるはずだけれど、暗澹《あんたん》たる未来をできるだけ見ないように棚に上げて、毎日経済活動をせわしなく繰り返しながら暮らしているのである。いつかわからないが、いつかは人間の営みが止まるときが来るだろう。そのとき、世界に約二千種類以上いるといわれた小さなアワフキムシは、どれだけ生き残っているだろうか。そして残ったアワフキムシは地球でどうしているだろうか。まだ白い泡を一生懸命分泌して生き延びようとしているだろうか。

きょうの海辺の散歩はアワフキムシの泡と出会ってから、ふたたび浜辺に下りて家に帰ってきた。心地よい疲れとともに気分が晴れた。そうして海辺に住んでいると、社会から少し距離を置きながら、人間以外の生き物に触れることができるので、人である自分から解放される気持ちになれるなあとあらためて思ったのだった。だからいっとき僕を人間社会から解き放ってくれた、五月の海原や茅花や小さなバッタやエイの屍やアワフキムシの神秘的でいてどこか愛嬌に満ちた泡にありがとうと言いたい。昆虫が分泌した泡に感謝を捧げたいと思ったのは、生まれて初めてのことだけれど。

聖母月あわふき虫の泡に謝す　　裕樹

神社の毛虫

大気が澄んでいるときには、湘南の片隅の町にある我が家の南向きの窓から伊豆大島が遥かに見渡せるが、しかしまだ行ったことがない。遠くに見えてはいるけれど、上陸したことがない島というのは、どこか茫洋と謎めいた佇まいで神秘的なものである。

そのうちいつかは行ってみたいという思いが募りに募って、矢も楯もたまらなくなり、とうとう五月の終わりに無理矢理スケジュールをこじ開けると、熱海から船に乗り込んで、いざ大島へ向かったのだった。

熱海から大島へは、東海汽船の高速ジェット船に乗って約四十五分。思ったよりも近い。青空の下、ぐんぐん高速ジェットはスピードを上げてゆく。周りは見渡す限りの海原で、船窓から青々とした波のうねりを眺めていると、「イルカやクジラに出会った場合、急旋回、急停止する恐れがあるためシートベルトをしっかりお締めください」というアナウンスが流れてきた。そうか、ここはもう大型海洋生物にいつ出会ってもおかしくないエリアなんだなと妙に感心する。そのアナウンスがあってから、イルカやクジラが現れないかと期待しながら海を眺めていたが、大島に着くまでに一度もその姿を見せてはくれなかった。

大島の岡田港に到着すると、早速島の空気が濃く迫ってきた。潮風と三原山を取り囲んだ広大な緑から放たれる薫風が混じり合った島特有の息吹といった空気感である。

そこからバスに乗って、僕は元町港に向かうことにした。目指すは寿司屋である。なんでも大島には「べっこう寿司」という郷土料理があるらしい。大島名物の「唐辛子醬油」に漬け込んだ白身魚をネタにした握り寿司で、色合いが美しいべっこう色だという。

元町港のバス停に着くと、ちょうどお昼時だったのでお目当てのお店「寿し光」の暖簾《のれん》をくぐって、早速地魚寿司を注文した。大島や近海で獲れた魚の握り寿司はもちろん、べっこう寿司がやっぱり美味しかった。目鯛の唐辛子醬油の漬けなのだが、ぴりっとした醬油と白身の持つ甘みが相俟ってなんともいえない滋味が舌の上に広がるのである。これはなかなかやみつきになる風味であった。

そうしてお腹を満たしてから、今度はレンタサイクルで、大宮神社に向かった。ディープな神社だとインターネットで情報を得ていたが、そこに辿り着くまでにアップダウンの道が続いて息が上がった。途中歩道の半ばに、大きな蛙がいた。最初生きているのかと思ったけれど、よく見ると、眼を見開いて死んでいた。あとで調べてみると、青蛙だと判明した。「蛙」といえば春の季語、「青蛙」「雨蛙」といえば夏の季語になる。こんな大きな青蛙を見たのは初めてだった。

青蛙一歩踏み出す形《なり》に死す　裕樹

その蛙はまるで次の一歩を踏み出そうとするように死んでいたのである。アスファルトの路上で行き倒れた青蛙はなんとも哀れであった。その道を渡りきると、岩場を挟んで太平洋が広がっているのだが、いったい青蛙はどこに向かおうとしていたのだろうか。

大宮神社は思っていた以上に深い鎮守の杜に包まれていた。椎の原生林が薄暗く生い茂り、神々の潜んでいる気配を濃厚に漂わせていた。参道を歩いていると黒揚羽が突然、原生林から現れて僕の前を飛んでいった。

魔女めくは島に生まれし黒揚羽　大竹朝子

まさにこの句のような雰囲気を纏《まと》った黒揚羽で、島生まれの揚羽蝶の妖美さを感じた。そうして黒揚羽に導かれるように本殿の前に辿り着くと、手水舎があったので両手を清めようとしたが、蛇口を赤い毛虫が這っていて近づけなかった。鉢の水が涸《か》れていたので蛇口を捻らないと、清められない。仕方なく僕は諦めて、お賽銭を入れて拍手《かしわで》を打った。拍手が原生林に重々しく響く。僕は、眼に見えぬ何ものかに注視されているように感じた。参拝を終えて周りを見渡してみたが、そこには荘厳な杜の静寂が在るばかりであった。

鳥居の前に止めた自転車に跨《また》がると、またもと来た道を元町港まで戻り、そこから次は牧場に向かった。大島空港の近くにある牧場に「ぶらっとハウス」という農産物の直売所があり、そこで搾りたての牛乳から作られたソフトクリームが食べられるらしい。

僕は再びアップダウンの続く道を、ソフトクリームをしきりに脳裏に思い描きながらひたすら自転車を走らせた。走らせつつ潮風とどこか甘い匂いのする薫風を胸に吸い込んだ。とても気持ちのいい道で、サイクリングするのにもってこいである。家々の庭先にはハイビスカスが咲いていていた。ああ、島に来たんだなと思う。ここは島なんだなと僕は改めて認識し、熱海から船で一時間もかからない場所なのに、こんなにも空気や風土が変わるものかと不思議な感慨に浸った。

我が家の窓から大島を眺めているだけでは決して知ることがなかった、この心地よい島内の風をめいっぱい全身に浴びながらペダルを漕ぎ、ようやく牧場に辿り着いた。

ソフトクリームは思っていた通り、濃厚な牛乳の味わいで、汗ばんだ体の芯を甘く優しく冷ましてくれた。そういえば、ソフトクリームを食べるためだけに、人生でこんなに自転車を漕いだことはなかったなと思い、なんだか可笑《おか》しくなった。

ソフトクリームを食べ終わると、牧場では何もすることがなくなり、そのまま、また元町港に引き返すべく、自転車に跨がってペダルを漕いだ。大宮神社を参拝し終えたあとくらいから、胸の辺りが痒いなと思いつつ、ぼりぼり掻いていた。そして元町港に帰ってくると、自転車を返却してベンチに座って一服した。やはり胸の辺りがやたらと痒い。ふとTシャツを見ると、小さな毛虫が一匹いることに気づいた。あ、やられた！　と思った。幸い小さな毛虫だったので、そんなに発疹はひどくないが、肌に毛は幾つも刺さっているはずである。すぐさまインターネットで調べてみると、Yahoo!知恵袋にセロテープでまず毛虫の毛を取ってから軟膏を塗るようにとアドバイスが書かれていた。そうか、なるほどと僕はYahoo!知恵袋に感謝した。旅館に着いたらセロテープと軟膏を借りようと思った。

やがて旅館の送迎バスが港にやってきて乗り込むと、どんどん三原山を登っていった。宿泊する「大島温泉ホテル」は三原山の中腹くらいにある。僕は毛虫に刺された胸の痒さに耐えながら、大宮神社で手水をせずに参拝した報いとして、毛虫にやられたのかもしれないと思い返した。そう思うと、なんだか毛虫を憎む気にはなれず、大島の神様にちょっと怒られたような心持ちになった。

僕は送迎バスに揺られながら、大宮神社を取り囲んでいた椎の原生林の薄暗い情景を思い出し、やはりあそこには大島を守る神の気配が濃密に在ると感じ入ったのだった。

神の意の宿る毛虫に刺されけり　　裕樹

空が恋しい

高瀬省三さんの彫刻を初めて眼にしたのはテレビの画面を通してだった。二〇〇三年に放映されたNHK教育テレビの番組に映し出された彫刻には、その表層というよりも内部から滲み出てくる不思議な静謐と、切ないまでに諸手《もろて》を天へ差しのばそうとするような希求が強く感じられたのである。

高瀬さんは二〇〇一年に末期癌の宣告を受けてから、湘南の大磯海岸に打ち上げられた流木を拾い集めて、その木の形状を自然に活かす方法で彫刻を施すようになった。六十一歳で亡くなるまでの半年間、流木と向かい合い彫刻に専念する。手術をすれば一年、しなければ半年の余命と医師に宣告された高瀬さんは、延命の道を選ばずに自らの意志で彫刻作りに情熱を燃やしたのだった。

限られたいのちの時間の中で彫刻に全霊を傾けた高瀬さんの気迫が、画面越しでもその作品からひしひしと伝わってきた。僕は食い入るようにテレビ画面を見つめたことをよく覚えている。そして今から思えば、そこまで強烈に高瀬さんの作品に惹かれた理由は、当時の僕の境遇にもあったような気がする。

ちょうど東京の生活に疲れ果てて、和歌山の実家に帰っていた時期で、胸のなかにはいつも鬱屈した思いが渦巻いていた。二十五歳で都落ちしてきた僕は、地元で就職しようとしていたが、どの会社にも採用されず、アルバイトをしながら実家の世話になっていた。その歳でフリーターの実家暮らしは、心情的に耐えられないものがある。自分の居場所がどこにも見当たらない。おまけに小説や俳句を書きたい欲求ばかりが強くて、しかし確とした作品には成し得ず、当然のことながら誰にも認められることもなかった。それでその溜まった鬱憤を晴らすように原付バイクに乗って、田舎道を闇雲に走らせているときにたまたま見つけたジャズ喫茶に入り浸るようになった。

やがてそのジャズ喫茶のマスターの理解を得て、店内で月に一度、句会を開かせてもらうようになるのだが、それでも自分の気持ちには靄《もや》がかかったままであった。親元でフリーターをしながら、この先どうすればいいのか。そんな日々あてどなく悶々とした自問を繰り返すなかで出会ったのが、髙瀬さんの彫刻だったのである。

僕はその番組を見終えた翌日に、髙瀬さんの作品集『風の化石』を書店に買い求めた。それ以来、事あるごとにその作品集を開いては髙瀬さんの思いに触れようとしてきたように思う。写真に写された作品を眼にするたびに、余命半年のあいだに文字通りいのちを賭けて創作に打ち込んだ髙瀬さんの彫刻に鼓舞される自分がいた。そうしていつか実物の彫刻を観たいものだと思いながらも、長いあいだその時は巡って来なかった。

だが、ひょんなことから先日、髙瀬さんの個展に足を運ぶことができたのである。その個展はあるギャラリーのホームページで知ったのだった。あの髙瀬さんの作品が観られるのかと驚き胸が高鳴った。同時に最初に彫刻と出会ったテレビ番組を見た頃の、苦しい境遇まで蘇ってきた。あのテレビ番組が放映されてから十数年の時が経っていた。その間に僕も和歌山の実家でのフリーター暮らしから抜け出してふたたび上京を果たし、それからさまざまな紆余曲折を経て、今では世間から俳人と呼ばれるようになっていた。

実物の髙瀬さんの彫刻は思った以上に、僕の胸を打った。テレビ画面や作品集からは伝わってこない、実物の作品を眼前にしてこそ観る側に響いてくる荘厳な空気をどれも纏っていた。どこまでも静かであり、どこまでも願い求めていた。そして髙瀬さんの祈りを感じずにはいられなかった。どの作品にも髙瀬さんの思いが充ちているが、「空が恋しい」と題された彫刻には特に、溢れんばかりの作者の切々とした希求が感じられたのだった。

大きな杖くらいの流木の先端に少女の顔を彫りだし、いま飛び立たんばかりの両翼が広げられている。少女は胸を突き出すようにして、少し風に傾く恰好で、ひたすら空の高みを目指す静かな眼差しをもって、中空を見据えているのである。しばらく見つめていると、自分も少女と一緒に空を恋いながら、風に吹かれているような心持ちになってくるのであった。「蟬の女　ひざし」という作品にも心を奪われた。この少女の両腕も空を恋うような翼になっている。この翼は蟬の翅のかたちをしているが、「空が恋しい」のような飛び立つ気配はない。どこかその翅のような両腕を持て余す雰囲気で、頭に麦藁帽子を被りワンピースを着ている。少女の表情は物憂く、飛べない翅の先にある風の路を見つめているようでもあった。
ギャラリーでは作品の販売もしていたが、僕は迷った挙げ句、購入しなかった。数少ない貴重な髙瀬さんの作品を自分が所有することは、どこかおこがましい行為のようにも思えたし、テレビを通して出会ったときから、たとえ実物でなくとも、僕の胸奥に髙瀬さんの彫刻群が静かに棲みついているように思えたからでもあった。僕の気持ちとしては、それで充分であった。
髙瀬さんは作品集『風の化石』のなかでこのように述べている。

いつの日か、私も風の化石になる。
稲穂を渡り、山を越え、海に出る。
何万回となく地球を巡り、
ふとした弾みで、
宇宙に飛び出さないとも限らない。

髙瀬さんはこの世でのいのちを全うしたあと、どんな田んぼの稲穂を渡り、どんな山々を越えて、どんな海原へと出て、己の魂を風に遊ばせたのだろう。この湘南の海にも幾度となく帰ってきたのではないだろうか。宇宙にもその魂は飛び出して、かつて自分がいのちを燃やした蒼い地球を眺めたのだろうか。

「空が恋しい」という作品はひょっとして、空を求めながらも宇宙の果てしない闇のなかを飛翔している姿なのかもしれない。

今回十数年の時を経て、僕はやっと高瀬省三さんの実物の彫刻に出会えたことに心から感謝したい。これもまたこの湘南の片隅の町に引っ越してきた巡り合わせであり恩恵でもあろう。リビングの窓外に広がる海原を眺めていると、「空が恋しい」少女の羽音が不意に風を切って聞こえてきそうである。

夏空を恋ふる少女の腕白し　裕樹

海胆を分かち合う

いつもの魚屋の店先で北海道産の馬糞海胆《うに》が一つ二百五十円で売られていたので買ってきた。真っ黒いトゲトゲの殻をまとったままで生きている大きな海胆が、その値段で買えるとは正直驚いた。店員さんに海胆を割ってもらって、あとはスプーンを入れて食べるだけの状態で持ち帰り、夕餉にいただいた。心のどこかで二百五十円の海胆だからと、味もさほど期待していないところがあったのだが、これが予想以上に美味しかった。口のなかで溶けるというやつである。海胆の甘さが口腔にじんわりと広がっていって、いつの間にかその恍惚に眼をつぶってしまう有り様であった。そうして炊きたてのご飯にそれを載せて醬油を少し垂らしてかき込んでみると、まさに海胆丼。この魚屋にけっこう通っているけれど、今回初めて馬糞海胆に出会えたことに感謝せずにはいられなかった。海胆のクリーミーでいてとろけるような甘みが、こんなにも幸せな気持ちにしてくれるのである。大満足の末に食べ終えたその殻は、リビングの窓を開け放って庭にほっぽり出した。

この湘南の片隅の町に引っ越してきて三年目に突入したが、庭はまだ何も手を付けていない。京都は大原の古民家で暮らしておられるハーブ研究家のベニシアさんのお庭に憧れつつ、我が家の庭もいつか美しく整えたいという気持ちがあるのだけれど、普段の生活に追われてそんな余裕が持てないのだ。だから、庭は雑草が生え放題で荒れたままになっている。荒れているから、牡蠣などを食べたらその殻は庭に放り出している。牡蠣の殻は燃えるゴミの袋に入れておくと、すぐに臭いを発するからそうしている。海胆の殻もきっと臭いの元になると思い、夜の庭に投げ捨てたのである。

翌朝。リビングのダイニングテーブルで仕事をしていて、ふと何気なくきのう捨てた海胆の殻に眼を遣ると、そこにカラスアゲハが止まっていた。昨晩雨が降ったみたいで、殻のなかに水が溜まっているようである。カラスアゲハは立派な黒い翅を細かく震わせながら、海胆の殻に脚をかけて、そこに溜まった雨水を吸っているようであった。しばらくその様子を見ていたのだが、カラスアゲハはいっこうに去る気配がない。飽きることなく翅を震わせて、殻に溜まった雨水を吸い続けている。この雨水は海胆の甘みが溶け出して、よっぽどカラスアゲハにとっても美味しいのだろうと思った。それにしてもひたすら飲み続けていることを不思議に感じた。こんなにも長い時間、果たして雨水を飲み続けることができるものだろうか。

そう思ってよく眼を凝らして見ると、カラスアゲハはお尻から何か出していたのである。どうやら小水らしい。蟬のおしっこなら見たこともあるし、かけられたこともあるけれど、アゲハチョウの小便を見るのは初めてであった。そこでこのカラスアゲハがいつまでも雨水を長いストローの口で飲み続けられることが、ようやく理解できたのである。雨水を吸いながら、常に小水を出していれば、果てしなく飲み続けられるだろう。人間にはこの芸当はとても真似できない。たいしたもんだと思いつつ、しかしなぜ、カラスアゲハはこんなことをするのだろうかと疑問に思った。きっとこの行動には意味があるに違いない。

そこでインターネットで調べてみると、やはり興味深い生態が説かれていた。まずこの蝶の水を飲む行為を「吸水行動」と呼ぶらしい。そしてなぜ蝶はそんな行動をするのかという説がいくつかあった。一つは「体温調整」を行っているというものだ。吸水行動は暑い日に見られることが多く、上がりすぎた体温を蝶は水を吸って下げているというのだ。その際、小水を排出しながら水を飲むことで体温を下げているという。

なるほど、確かにきょうも暑い日である。人間だけが夏の暑さに苦しんでいるわけではないのだ。あの身軽に颯爽と飛んでいるように見えるアゲハチョウも、うだるような暑さを感じているのかもしれない。

それからもう一つおもしろい説を見つけた。「栄養補給」説である。水を飲んでいる蝶を調査してみると、ほとんどが羽化したばかりのオスらしいのだ。なぜか？　羽化したばかりのオスが必要な栄養成分を補給するために水を吸っているというのである。ただ水を飲んでいるだけでなく、そこに含まれているナトリウムを補給して、オスはメスを探して飛び回るための栄養、また生殖のために必要な滋養を蓄えているらしい。人間でいうと、栄養ドリンクを飲むとか、ウナギを食べるとか、ニンニクを食べるとかといった感じだろうか。そうすると、この海胆の殻に留まった雨水を吸っているカラスアゲハも羽化したばかりのオスかもしれない。どこかでサナギから羽化して、ふらふらと我が庭に飛んでくると、偶然にも海胆の殻に溜まった水を見つけたのだ。しかしよく見つけたものである。どこか花のような甘い香りをその殻の水に嗅ぎつけたのかもしれない。

このオスらしいカラスアゲハにとっては、これから本格的に外界に出て飛び回る前の、いい腹ごしらえになっているはずである。そう思ってこのカラスアゲハの、さっきから必死になって翅を震わせながら雨水を吸っている姿を改めて眺めてみると、なんだかとても愛おしくなってきた。きのうは僕がつかの間の幸せな時間をこの海胆からいただいたけれど、きょうは見ず知らずの蝶々がその海胆の成分が滲み出た水から幸せな栄養補給をしている。一つ二百五十円で買ってきた海胆をカラスアゲハと一緒に分かち合っているような気持ちにもなったのだった。荒れた庭がその庭なりに、蝶々を助けるという予期せぬ活用につながったことに、僕は嬉しくなった。

相変わらずカラスアゲハは雨水を吸っては小水を出し続けている。けっこう大きな体つきをしているから、栄養補給にも時間が掛かるのだろう。もしこの蝶々がほんとうにオスならば、しっかり滋養を蓄えて、これから気に入ったメスを射止めなければいけない。

しばらくは海胆の殻からカラスアゲハが立ち去りそうにないので、僕は自分の仕事に戻ることにした。そしてようやく原稿を一本書き上げて、カラスアゲハのいたところに眼を遣ると、その姿はすでになく、海胆の殻だけが転がっていた。

たっぷりと栄養を補給したカラスアゲハは海風に乗って羽ばたいていったのだろう。僕は飛び立つ場面は見なかったけれど、青々と輝きわたる太平洋を背にして、緑色がかった鱗粉を美しく散らしながら、まだ見ぬ結婚相手を求めて舞っていったのだろう。悠然たる翅づかいで夏の空へと舞い上がってゆくカラスアゲハの雄姿が海光を弾いて、鮮やかに眼に浮かんでくるようであった。

我が庭を発ちし揚羽に幸あれと　　裕樹

十六夜に揺れる

今年の名月は吟行先の横浜・三溪園《さんけいえん》で観た。雲の多いなかで時折その尊顔を覗かせてくれた。晴れ渡った夜空に観る名月ももちろんいいものだが、雲間からじんわりと滲み出てくるような現れ方にも格別な風情がある。そのほうが、月光の微妙な濃淡を味わうことができるし、月影のありがたさが身に沁みてわかるのだった。

十五夜の雲のあそびてかぎりなし　後藤夜半

この句のように名月をよそに雲は自由に遊び回っている。その遊んでいる隙間を縫って、つかの間、ぼんやりと月明かりが広がったかと思うと、たちまちその姿を灰色の雲に預けるように消え去ってゆくのである。

現れては消える中秋の名月を、豪商・原富太郎が造った名園や、そこに建つ室町時代の旧燈明寺三重塔や江戸時代初期の臨春閣や聴秋閣が、数えきれぬほどの虫の声を響かせつつ、いっそうもり立ててくれるのであった。

石の橋木の橋わたりけふの月　裕樹

三溪園をそぞろ歩きながら、石でできた橋を渡り、木でできた橋を渡りして名月を仰ぎ観る時間は、どこか内省を促すようでもあった。考えてみれば、今まで僕は石橋を叩いて渡るような人生ではなかった。石橋か木橋か泥の橋かも確かめずに、とにかく自分が行くと決めたら前に掛け渡された橋を渡ってきたように思う。三溪園には無論、泥の橋などないけれど、僕の人生にはたまに泥でできた橋があって、一、二歩踏み出してすぐに崩れ落ちることもあった。崩れ落ちるのは一瞬だが、落下した水から這い上がるのがたいへんなときもあった。はじめからきちんと確かめて橋を渡ればいいものを、そういう予防線を張らずに進んでしまうのが自分のどうしようもない性だといえる。そんな生き方をしてきたからこそ、俳人などというやくざな稼業に就くことができたのだろう。

そうやって人生のいろんな橋をなんとか渡って来られた感慨が、三溪園の月明の橋に歩を運ぶにつれて不思議に湧いてきて、自分がいまここに在り、今日の月を仰ぐことのできる幸せをしんしんと感じたのだった。

十五夜の翌日は十六夜《いざよい》で、名月の日よりも月が少し遅れて昇ることからそう名づけられた。「いざよふ」を古語辞典で引くと、「ぐずぐずして進みかねる。ためらう」と、尻込みするような意味合いである。しかしこの言葉の響きに惹かれるのはなぜだろうか。僕の好きなミュージシャン・宮沢和史さんが歌う「十六夜月に照らされて」という歌があまりに素敵だからという理由だけではない、どこかもっと根源的に「いざよふ」ことの揺れるような心地よさがあるように思えるのだった。

君や来むわれや行かむのいさよひに真木の板戸もささず寝にけり　よみ人しらず

十六夜の和歌では『古今和歌集』のこの一首に、恋情の切なさをともなった心地よさを感じる。君が来るのか、それとも自分から行こうかと十六夜月のようにためらっている恋心が切々としながらも、どこかその気持ちの揺れを甘く心地よく感じている趣が漂っている。その甘い思いを抱えながら、寝床の戸も閉めずに寝てしまったのである。

十六夜の鮎を呉れたる人匂ふ　萩原麦草

この句も前述の一首に負けないくらい、艶やかだ。いや、俳句だから和歌よりも言葉数が少ない分、読み手の想像力の翼がさらに広がるだけに、君や来むの歌よりも色気の面では上手を行っているのではないだろうか。

この句は十六夜月が照っているなか、鮎を届けに来てくれた人がいる光景である。「十六夜」は秋の季語、「鮎」は夏の季語だから季重なりであるが、メインは十六夜となる。よってこの鮎は、産卵のために川を下ってきた落鮎か、錆鮎であろう。そんな秋の鮎を作者にわざわざ届けに来てくれた人とはいったい何者なのだろうか。そこにある種の邪推が入るのは、「人匂ふ」という意味深長な措辞《そじ》があるからである。

作者は男だから、なんとなく匂う人は女性ではないかと思ってしまう。「鮎を呉れたる人匂ふ」と言われると、急に艶が増す。鮎は香魚とも呼ばれているから、鮎の香気が移ってその人も香るようだとする解釈もできなくもない。しかし、鮎以上にその人の香気なる体臭がほんのり香ってきたと読んでもいいかもしれない。ひょっとして少しばかりの香水をつけた人だったかもしれないが、あまり強い香水をこの句で香らせるのは無粋というものである。やはりどこかしら、ほのとした幽かなその人の香気と考えたいし、そうであってほしいと思うのである。

蕪村の句に「鮎くれてよらで過行夜半の門」があるが、十六夜の句の人もあまり長居はせずに、鮎を手渡すと、すっと帰ってしまったように想像した。そのつかの間の「人匂ふ」なのではないだろうか。

そうしてこの句の十六夜の季語の用い方がまた絶妙で、恋心のためらいを掛けているように思えるのだ。もう少しこの鮎を呉れた人との付き合いを進展させたいと思いつつ、どうにもこうにもぐずぐずして前に進めない。でもその前進できない心情を、揺れるような心地よさをもって甘く感じているようでもある。そう思わせるのは、十六夜の月光の仕業であろう。

鮎を一緒に食べられるような仲になれたらと、作者は心のどこかで思っているのかもしれない。

と、まあ、そんな物語を空想しながら解釈をつらつらと記してきたけれど、ほんとうのところはわからない。すべて僕の勝手な想像である。この句は僕が思い浮かべたような背景があったかなかったかは知らないが、少なくとも作者と鮎を呉れた人との関係性は何かしらあるわけで、そこをばっさりと省略して十七音に仕立て上げているところに、世界一短い詩と言われる俳句の余情が凝縮されるかたちで込められているのである。

名月は雲と戯れるように出ては消えたけれど、十六夜の月は湘南の片隅の町にある我が家のリビングの窓から、皓々《こうこう》と輝くさまを観ることができた。その月の光が真っ暗な海原に磨き上げた無尽の瑪瑙《めのう》をばらまいたような光彩を創りだしていた。しばらく見つめていると、その煌めきに心を攫まれ吸い込まれるようで、群れ広がった夜光虫の妖光のようにも見えてくるのだった。これも十六夜の月の為せる魔力なのか。そしてその真夜中の波間に映えては輝く十六夜の月明りにも、揺れるような心地よさを感じたのだった。それはどこか身も心も危うくさせるような、ふと足を踏み外してしまいそうな月光の橋のようでもあった。

海面をゆらゆらと貫く月の光の帯はどこまでも蠱惑的で、僕の心奥まで伸びてこようとしたので、それを断ち切るようにナット・キング・コールでも掛けようかと席を立った。

十六夜をまぎらし掛けむ古きジャズ　裕樹

白猫さんとカリちゃん

巨大な台風が迫っていた。きょうの晩方にも関東に近づき、風雨が激しく強まるだろうとテレビやネットのニュースがひっきりなしに流れ、これまでにない注意を呼びかけていた。台風19号はカテゴリー5のスーパー・タイフーンというから、馬鹿でかい。衛星写真のそれは大層な白い渦を形作り、まるで大蛇がとぐろを巻いているようであった。

去年の台風21号のとき、この湘南の片隅の町にある我が家は停電した。その顚末は以前この随筆でも記したが、今回の台風ではどんな被害が出るのだろう。不安に思いながらも、その日は都内で詩人のアーサー・ビナードさんと雑誌の対談があったので、初対面のビナードさんとどんな話をしようかとそちらのほうに気を取られがちであった。しかし夕方五時からの対談だったので、終わるのは撮影を含めて七時を過ぎるだろうから、もうその頃にはそうとう台風が湘南地方にも近づいているであろう。

台風を充ちくるものゝ如く待つ　右城暮石

心持ちとしてはこの句のようであった。計り知れぬ威力が必ず接近することを知りながら、なすすべもなく静かに待ち受けるような、しだいに充ちてくる巨大で不気味な足音を待ち構えるような、そんな気持ちであった。

根岸の子規庵で行われたビナードさんとの対談は楽しく、二人とも話したりないほどの余熱を残したまま終えることができた。子規庵の庭の棚にぶらさがっていた糸瓜《へちま》はまだ風に揺れてはいなかったが、庵を出ると、空一面に灰色の雲が渦巻いていた。鶯谷のラブホテル街を通り抜けて駅に辿り着くと、山手線に乗り新宿駅に向かった。それから妙にざわわした気持ちで急いで乗り換えると、湘南の片隅の町への帰路についた。

幸い最寄りの駅まで電車はスムーズに辿り着けた。ほっとしながら改札を出ると、しかしすでに風は強まり雨も少しずつ激しさを増しているところだった。

駐輪場から自転車に乗っていつもの道を走りつつ、途中、猫のことが気に掛かり徐行してその姿を捜してみたがどこにも見当たらなかった。たいてい駐車場に寝転がっているか、車の下にいるかして、この近辺にいるのだけれど、猫たちの気配は全く感じられなかった。どこに行ったのだろう。きっと台風が来ることを察知して、どこかに避難しているのだろう。あの子たちも無事にいてくれるといいのだが……。僕はふだんから見かけると餌をあげている白猫《はくびょう》さんとカリちゃんの、寄る辺なく佇んでいる姿を思い浮かべた。

白猫さんは文字通り白い猫だからそう名づけた。サバトラのカリちゃんは初めて餌のカリカリをあげたとき、ほんとうに「カリッカリッ」と気持ちの良い音を立てて食べ続けたのでその名になった。いずれも単純な由来の名前で申し訳ないのだけれど、おそらくこの二匹の野良猫たちは、他にも道行く人々によって、いくつかの違う名づけがされていることだろう。

白猫さんもカリちゃんもこの巨大な台風をなんとか遣り過ごしてくれることを祈りつつ、自転車の速度を上げて我が家に帰った。

家に帰ると、さっさと夕飯を済ませて風呂に入り、一万句以上の俳句を閲する仕事があったので、雨戸を閉め切って専念した。

どんどん風は威力を増して雨戸をガタガタ鳴らして揺すぶったが、やがて深夜になると、その勢いも弱まり通り過ぎていった。意外に速度が速かったようである。去年の台風21号ほどの強風ではなかったことに胸をなで下ろしたが、今回はかなり雨量が多かったらしく、我が家は二ヶ所雨漏りしてしまった。選句の手を止めて、しばらくその対応にあたふたした。そのあとも選句の手を休めず仕事を続けながら、はたして白猫さんとカリちゃんは無事に台風を切り抜けただろうかと思った。明日の朝にでも様子を見に行こう。

台風一過の翌日は快晴で、リビングの窓には太平洋が眩しく輝き渡り、めずらしくくっきりと伊豆大島が沖合に見られた。一方、箱根の山々も富士山も青天を貫いている。

爽やかや風のことばを波が継ぎ　　鷹羽狩行

「爽やか」が秋の季語だと俳句初心者に伝えると、一様に驚きの表情をするものだが、思わぬ言葉が季語になっているのも日本語のおもしろさだ。台風の名残の微風のなか、煌めく湘南の海はまさにこの句のように風と波とが寄り添い、穏やかに対話しているようであった。

窓を開けて思い切り背伸びをして爽やかな潮風を吸い込むと、自転車に乗って買い物がてら、白猫さんとカリちゃんの安否を確かめに出掛けた。たぶんあの子たちは逞しいから大丈夫だろうと思いながらも、でもほんとうに無事でいるだろうかと心配でもあった。

いつもあの子たちが屯《たむろ》している駐車場に着くと、徐行しながらその姿を捜した。

「白猫さ〜ん、カリちゃ〜ん」と小声で呼びつつ辺りに眼を配っていると、どこからともなく「にゃあ、にゃあ」鳴いて白猫さんが姿を見せてくれた。

「おう、白猫さん、無事やったか。よかった、よかった」と声を掛けているうちに、またどこからともなく今度はカリちゃんが現れて、止めた自転車にすり寄ってきた。

「おう、カリちゃんも無事やな。よし、よし」と頷き、この子たちが台風を乗り切ったことを褒め讃えてやりたかった。

僕はバッグに入れてきた餌のカリカリを出して、この子たちの前で封を切った。カリカリをあげるときは、カリちゃんから先にと決めている。それはカリちゃんのほうが好きだからではない。カリちゃんは非常に貪欲で強引な性格をしているから、白猫さんに先にカリカリをあげると、白猫さんを押しのけて食べようとするのだ。だからカリちゃんに先に餌を与えておいてから、白猫さんにあげることにしている。そうすると、眼の前のカリカリに食らいつくカリちゃんは、白猫さんの餌を奪いに行こうとはしない。カリちゃんは白猫さんより体が大きくて、百戦錬磨のボクサーのような厳つい顔つきをしている。白猫さんは可愛らしく、痩せ形で小さな体つきだ。

　この子たちはあまり仲が良くなくて、餌を持って行くと、だいたい二匹とも姿を現すのだが、お互い睨み合う恰好になる。白猫さんはせいいっぱい威嚇をするのだが、カリちゃんは不敵な表情を浮かべ、悠然と睨みつけて寄せつけない。勝負は目に見えているのだ。だから僕はどちらかというと、ふてぶてしいカリちゃんよりも、弱々しい白猫さんのほうを贔屓《ひいき》にしてしまうのだった。

　台風が通り過ぎて暑くなってきた駐車場では、カリちゃんは脇目もふらず「カリッカリッ」と小気味良い音を立てている。白猫さんはゆっくりと、でもやはりお腹がすいていたのか、真剣に食べ続けている。

　そんな白猫さんをよく見ると、ふだんはその毛並みが薄汚れているのに、洗い立てのように真っ白になっていた。きっと昨夜の雨にひどく打たれて汚れが落ちたのだろう。強い雨に長いあいだ打たれ続けないと、ここまで綺麗に汚れは取れない。細い首を伸ばして無心になって食べている白猫さんが、またひとしお健気で愛おしく思えたのだった。

台風一過白猫のなほ白し　裕樹

骨片となるまで

我が家のリビングの大きな窓は全面、太平洋に向けて開かれているだけに、海原を借景にしていろいろなものが通り過ぎてゆく。そのなかで時折胸を突かれるのが鳶の飛翔である。頻繁に窓辺に来ることはないけれど、鳶は時折不意に間近まで来て、そのダイナミックな飛び様を硝子越しに見せつけると、ゆっくり翼を翻してふたたび海岸の方へ滑空していったり、そのまま空高く舞い上がっていったりする。

そのときに眼にする鳶の翼は風に乗っているというよりかは、風になっているというふうで、滑らかなことこの上ない状態を示しているのだった。

そんな鳥の羽根の動きを思考しとらえた詩が、城戸朱理氏の散文詩集『漂流物』にある。それは瀧口修造の詩の引用からはじまる。

「鳥の羽根はもっとも忙しく
もっとも静かなもののひとつである」（瀧口修造）

そう、たしかに鳥が羽搏くとき、羽根は激しい運動と静止の両極を往き来している。

羽根は動いているのか？

その通り。鳥の不在証明のように、このうえなく、忙しく。

羽根は静止しているのか？

その通り。鳥の存在証明のように、このうえなく、確かに。

このようにして、存在と不在をそれぞれ打ちつけるためにあるのが、鳥の羽根なのであって、それは動いているときにはよく見えるのに、静止していると見えないものになる。

だが、私の目の前にあるものは――

それは紛れもなく鳥の羽根なのだが、もはや鳥の羽根ではない。

飛翔を禁じられたとき、羽根は大気から追放され、逆説的に漂流物となったのだろう。それが、白く砕けながら寄せる波頭によって浜辺に打ち寄せられるとき。人という人は、自問を促されることになるのだろうか。


この散文詩には砂浜に横たわる一片の羽根の写真が添えられている。漂流物の一つと化した「鳥の羽根」は、すでに鳥の本体から切り離された羽根であり、その一片では意思をもって飛ぶことも舞い上がることもできない。かつて翼を構成していた一部分でしかない羽根なのである。そして漂流物となった今では、せいぜい潮風に吹かれて幽かに揺れるか、あるいは強風にでもなれば飛ばされるかぐらいの無作為の動きしかできないものになっているのだ。そんな状態を「それは紛れもなく鳥の羽根なのだが、もはや鳥の羽根ではない」と言い留めているのだろう。

では、人間にとっての「鳥の羽根」とは何なのかと問いたくなる。思わず「自問を促される」漂流物との出会いともいえる。

実はこの散文詩を思い出すきっかけになったのは、冒頭に述べた我が家のリビングの窓越しに時折姿を見せる鳶の飛翔からではなかった。それはある冬の日、浜辺伝いに歩きながら近所の美容院へ向かう途中で出会った漂流物によって、強烈に触発されて思い出されたのであった。

浜辺で最初ひと目見たとき、「これはいったい何だろう」という一瞬の空白が生まれたが、その後すぐに鳶の亡骸であることに気づいた。その亡骸はすっかり両翼ともにたたまれて干からびていた。俯《うつむ》けになった小さな顔が少し傾いており、見開かれた片眼が露わになって硬直していた。胴体にはすでに一滴の血もなく乾き切って空洞と化しているようだった。その証拠に体の真ん中辺りには穴が開いていて、その周りの羽根は薄汚れて毛羽立ちが甚だしかった。羽根はまだ何本も鳥の死骸に付いたままだったが、もちろんもう羽ばたくことも動くこともない。

僕はこの漂流物に出会ったとき、いきなり頬を殴られたような衝撃を受けたのだった。その衝撃は今まで鳶の骸を見たことがなかったという未経験の現象に不意打ちされたからというわかりやすい理由かもしれないが、何かそれだけではないようにも思えた。

それはこれまでの鳶の滑らかな飛翔という、人生のなかで何度も眼にしてきたことを突然否定された衝撃でもあった。いのちある鳶は生き生きと翼を広げて舞っているか、急降下を見せるか、それとも電信柱や水銀灯のてっぺんに留まって翼をたたんでじっとどこかを鋭く見つめているか、いずれにしても「いつでも翼を自由に操って飛べる状態」であったわけである。それが僕にとっての鳶という存在証明であり鳶そのものであったのだ。

だが亡骸になったとたんに、翼はあれど翼ではなくなった。まさしく「それは紛れもなく鳥の羽根なのだが、もはや鳥の羽根ではない」状態になってしまったのである。だから鳶の骸を初めて眼にした衝撃よりも、役立たずになった大きな翼がすっかり用を為さなくなり、干からびたものに変化したことへの激しい寂寥感に胸を打たれたのかもしれない。

この鳶の亡骸は浜辺に転がってはいたが、ほんとうのところ漂流物かどうかは定かではない。湘南の上空を飛んでいて病か何かでやむなく墜落してそのまま動けなくなって絶命し、干からびたとも考えられる。どのような成り行きで、湘南の片隅の浜辺で鳶は骸になったかは知るよしもないけれど、美容院へ向かう僕を不意に立ち止まらせて、思索の糸口を与えたことは間違いない。そうして城戸氏の散文詩を思い出させただけでなく、次の一句をも想起させ改めて飛ぶことの意味を問う契機にもなったのだった。


日の鷹がとぶ骨片となるまで飛ぶ　寺田京子

季語は「鷹」で冬を表すが、「骨片となるまで飛ぶ」という措辞が、鳶の亡骸をこの眼で見たことによって、ようやく実存的に把握できたように思った。もちろん鷹と鳶とは違うが、タカ目タカ科である鳶は極めて鷹に似ているといえるだろう。よって二つの鳥のイメージを重ね合わせてこの句を考えてもそう遠いとは言えまい。「骨片となるまで飛ぶ」とは幻想的な眩しい表現であるが、鳶の骸を見るまではそこまでの解釈で止まっていた。

しかし鳶の骸を見たあとにこの句を見つめると、たとえ地に落ちて飛べなくなっても、まだいのちが残っており意識ある鷹が眼を見開いている限りは飛び続けているように思えたのだった。地面の上で翼をひくひく幽かに動かせるうちは、鷹は飛んでいる。それは物理的に飛んでいなくても、鷹の意思と想念のなかで飛翔し続けているのではないか。やがて、その翼のひくひくも途切れて眼を静かに閉じ、血液が乾き切ったときに、鷹の真の飛翔は終わるのだろう。それが「骨片となるまで飛ぶ」ということではないのか。ほどなくして僕の取り留めもない鑑賞はそこで力尽きたのである。

もう飛べぬ鳶はむくろや小六月　　裕樹

師走の密書

俳人はふだんどんな暮らしをしているのだろうかと不思議に思っている人が多いかもしれない。なんとなくのんびりと風雅な装いで着物なんか着て、短冊を片手に筆を持って日々一句ひねっているのではないかと想像する人も少なくないのではなかろうか。

しかし実態はそうではない。そんな俳人はほとんどいない。そのようなイメージは時代錯誤もいいところである。現代の俳人はそうそうのんびりとしていられないのだ。

僕の場合はこの湘南の片隅にある家から東京に出ていく仕事が月に半分以上ある。特に大学の講義がある期間は忙しくなる。ほんとうはあまり湘南から出たくないというのが本音である。海を見ながら文筆に専念したい。けれども、そうも言っていられなくて、週二回二つの大学に足を運んで学生たちに講義したり（講義といっても句会を行い実践的に俳句を教えている）、カルチャーセンターや生涯学習センターで教鞭を執ったり、僕が主宰する「蒼海俳句会」や「いるか句会」や「たんぽぽ句会」で指導したり、たまにテレビやラジオ収録に赴いたり、その他打ち合わせのために都内に出ることなども多いのである。

だから久しぶりに東京へ出掛けなくていい日は貴重でありがたい。書かなければいけない原稿も落ち着いて執筆できるし、休もうと思えばソファーに横になれる。何より時間を気にすることなく、眼の前に広がる海原を眺めて居られることが嬉しい。土日の決まった休日がないフリーランスにとっては身心の充電ができる時間なのである。

そんな都内に出掛けなくていい師走《しわす》の朝であった。縁側に出て鈍色《にびいろ》の海を見ながら深呼吸していた。きょうはうっすらと伊豆大島が沖合に見える。大島もいかにも寒そうだ。そうして冬枯れた庭をふわふわとめずらしく通り過ぎてゆくものがあった。

「あ」と思わず声が出た。綿虫である。

冬の季語である「綿虫」はアブラムシ科で白い小さな綿のような分泌物をつけて、ふわふわゆらゆらと宙を飛ぶ。だいたい曇り空の下に見かけることが多い。これが飛びだすと、雪が近いと言われている。

子どもの頃、故郷の和歌山の実家の庭で、初めて綿虫を発見したとき、「なんやろ、これ?」といぶかしく思ったものだ。なんだかゴミにも綿にも見えるようなものをつけて行く当てもなく舞っていたからだ。ためしに捕まえてみると、掌がねちょねちょする。「わあ、気持ちわる!」と思った。すぐに掌の上で死んでしまったので、これは捕まえては可哀相だと後悔した。それ以来、綿虫を見かけても手に取らないが、しばらくその不思議な飛び様を眺めることにしている。

綿虫に瞳を細めつつ海の青さ　　橋本多佳子

僕は鈍色の海を背景にして綿虫を見たけれど、この句の海は青い。「海の青さ」と六音の字余りにしているのは、わざとやったに違いない。たとえば「海青し」とすれば、きちんと五七五に収まる。しかし「海の青さ」と字余りにしてでも、「青さ」と言いたかったのだろう。そのほうが海の青々とした広がりが出るからだ。そして「海の青さ」に対しての綿虫の「白さ」のコントラストが鮮明に表れる。俳句には十七音をはみ出した字余りを生かすという表現方法もあるのだ。

冬枯れの庭に思わず現れた綿虫は平均のそれよりもちょっと綿を多く体に纏っているようで、のろのろと飛んでいた。それでもだんだんと高度を上げてゆき、遠くの箱根の山々のほうに消えていった。

大綿の消えて消えざる虚空かな　　稲畑汀子

まさにこの句のような情景である。綿虫は消えて見えなくなったけれど、虚空だけは変わることなく広がっている。遠くの箱根の山々も厳然と聳《そび》えたままだ。綿虫だけが姿を消した。ただそんな風景を一句にするだけでも、十七音の韻律に乗ると深みが出る。どこかしら無常を感じる。俳句とは実に不可思議な言葉の塊であり宇宙を内包しているのである。

冬場の庭を横切っていく生き物は稀なので、不意の綿虫の来訪を嬉しく思いつつ、体が冷えてきたので部屋に入った。それから原稿を書きながら午後を迎えると、急に日差しが出てきて少しずつ気温が上がってきた。そうすると、今まで鈍色だった海も青さを増してくる。日差しの角度や強弱で海面の色合いが一変するということは、海辺に引っ越すまで知らなかった。キャンバスである海原に、陽光という絵の具が載ると、その光景が千変万化するのである。特にいろいろな青の色彩を複雑な濃淡を以て見せてくれる。

この日も太陽が輝きだしたことで、にわかに海は表情を変えていった。しばらくしてふとリビングの大きな窓を見ると、何か小さなものが止まっている。何だろうと椅子から立って近づいてみると、天道虫であった。綿虫に続いて、天道虫が顔を出してくれた。

「天道虫」は夏の季語だから、草葉に見かけるのもその時期が圧倒的に多い。冬場は岩の下や木の割れ目など、暖かそうな場所を探して越冬するので、きょうは午後からの陽気に誘われるように出てきたのだろう。よく見ると、黒の体に二つの赤い星があるナミテントウであった。

天道虫は一般的に幸運をもたらす虫と言われている。こんな師走の寒い時期に見られたとなると、よけいに何かよい兆候のように思えてきて胸がときめいた。

天道虫天の密書を翅裏に　三橋鷹女

この句は夏の天道虫だけれど、冬の天道虫にだって翅の裏に「天の密書」が記されているはずだ。天からどんな秘密の文書が届けられたのだろうか。しかしながら、天道虫を引っ捕まえてその翅をこじ開けて天眼鏡で覗き、文章を読むわけにはいかないし、おそらく覗いてみたところで実際は何も書かれていないだろう。翅の裏には秘密めいたものが記されていると想像を逞しくして提示したのが、この句の持つ浪漫的な詩性である。

窓に見つけたナミテントウは、窓と窓のあいだに入り込んでいたので、それをずらして掌の上に天道虫がつぶれないように慎重に載せると、庭に放ってやった。すると、ナミテントウは地面に一度落ちていきかけたが、それから翅を広げて持ち直したかと思うと、ぐんと高度を上げて浜辺のほうへ去っていった。天道虫は小さいのですぐに姿を見失った。残されたのは掌に何もなくなった自分と、日差しを取り戻した青空と蕭条《しょうじょう》とした庭とその向こうに広がる冬の海原だけである。

果たして天道虫は、自分に幸運をほんとうにもたらしてくれるのだろうか。この後、もし何かよい出来事があったとしても、たいていの場合「ああ、きょうは幸運のシンボルの天道虫に出会ったからだな」とは思い出さないものである。

十二月の天道虫に出会ったということ。そのこともきょうの幸せの一つに数えたい。

極月のてんたう虫の星明かし　裕樹

海上の幻惑

朝起きて最初にするのは、リビングの大きな窓の雨戸を開けることだ。窓が大きいと雨戸も大きくて、それを開けるのに力がいる。がらがらがらと音を立てて開かれると、たちまち海景《かいけい》が眼に飛び込んでくる。一気に潮風に包まれるときもあるし、いきなり鷗の飛翔に出会うこともある。そんななんらかの海からの息吹を感じた瞬間に、ぼやぼやしていた寝ぼけた頭が、ようやく揺り起こされたような感覚になって、きょうの始動のスイッチが入るのだった。

一月のある朝、いつものようにリビングの雨戸を開けると、海面に初めて見る現象が起こっていた。僕は「ほううう」と溜息とも賛嘆ともいえぬような寝起きの息を吐き出すと、しばらくその海面の現象に眼を奪われた。

冬の霧である。この湘南の片隅の高台にある家の大きな南向きの窓からは、正面に伊豆大島を遥かに見はるかすかたちで、海原のダイナミックな姿が広がるのだが、ほぼ一面に霧が立ち上っていたのだった。

単に「霧」といえば秋の季語だけれど、冬にも霧は発生する。だから「冬の霧」として冬季の季語になっている。だが、僕は海上に立ちこめる冬の霧は初めて見た。その幻想的な光景は、人を立ち止まらせる静かな力を持っている。たとえるならば、海原が馬鹿でかい露天風呂になったような感じといったらいいだろうか。冬の霧が、なんだか湯けむりのようにも見える。

いや、しかしこんな情緒に欠けた比喩は、やっぱり違うような気がする。そうだ、まるで海原がしんしんと天上に向かって歌い出しているような趣がある。天上へ届けようと、白々とした息を継ぎながら声なき声で歌っているのだが、海面を少し昇ったところでその歌声は途切れてしまう。白息《しらいき》が掻き消えてしまう。そんな風景であった。

冬の霧舟に嬰児のこゑおこる　加藤楸邨

冬の霧が立ちこめているのは海だろうか、それとも川だろうか。乗船していた嬰児の声が不意に起こった。この声はどんな声だろう。泣き声かもしれないし、子どもらしい奇声かもしれない。その声も冬の霧に呑み込まれて流れてゆくのである。どこか不穏な風景でもある。視覚的な「冬の霧」と聴覚的な「嬰児のこゑ」とのアンバランスなぶつかり合いが、舟の上で揺れて惑っているようだ。

橋に聞くながき汽笛や冬の霧　中村汀女

この句の舞台は海だろう。「ながき汽笛」を鳴らすのは、海上を行く大きな船だろうから。この句も前述の俳句と同じ聴覚と視覚を組み合わせた構造だ。冬の霧を貫くように、ぶおおうううと尾を引きながら汽笛が鳴る。誰を見送っているのか。誰一人知人など乗っていない船をただ見送っているのか。すでに船体は冬の霧にまぎれて見えなくなっているように思える。「冬の霧」という季語は、寒々しくすべてのものを曖昧にし、やがて掻き消してしまう柔らかな魔力を有しているようだ。

北海道の留《る》萌《もい》地方で使われはじめたと言われる「けあらし」という方言がある。放射冷却によって冷え込んだ朝に、海面に立ちこめる霧のことをそう呼ぶらしい。「気嵐」もしくは「毛嵐」などと漢字では書くそうだが、写真で見るかぎり相当な量の霧が立ちこめている。湘南の太平洋の冬の霧とはその濃さがまるで違うようだ。これはおそらく冷え込みの強い北海道の海だからこそ起こる現象なのだろう。気温と海水の温度差が十五℃以上で、風は穏やかで快晴の早朝という条件が揃ったときに、「けあらし」が発生しやすいようである。

気嵐の氷海に旭の揺らぎ出づ　深谷雄大

北海道の氷海に気嵐が立ちこめている。その冬の霧によって隠された沖の方に、朝日が揺らぎながら昇ってきたのである。気嵐のなか、朝日の輝きはほとんど奪われているのだろう。海も人もしばれるなか、巨大な朝日が気嵐にその輪郭を歪ませて音もなく顔を出そうとしている。厳粛な一日の始まりである。

僕は温かいアールグレイを片手に、なお海原の冬の霧の動きを見つめつづけた。見ていると、立ちこめる範囲を刻々と変えながら、変幻自在に海面を流れていった。そうしてしばらくすると、沖の方から突然船が現れた。それは大型の漁船に違いないのだが、冬の霧に覆われてゆっくりとこちらに進んできたので、曖昧模糊として漁船の輪郭や特徴はぼやけ、まるで幽霊船のように眼に映ったのだった。

佐藤快和著『海と船と人の博物史百科』（原書房）で「幽霊船」を調べてみると、あまり日本では幽霊船とは呼ばないというのがわかった。日本では海上に現れる怪しげな船を「船幽霊」「亡霊船」「亡者船」「ヨイヨイ船」「マヨイ船」「ヒキモーレン」「灘幽霊」「沖幽霊」などと呼んだそうである。

では、幽霊船とはいったい何なのか。この本では「ひと口に幽霊船は船の形をして現れるものと、アヤカシ（海の怪異現象を総称していう。海坊主やチロチロと燃える妖火など）に分けられるが、二つの間にそれほど厳密な違いはない」と定義されていた。

そういえば、僕たちが幽霊船をイメージするとき、どちらかというと西洋の大きな帆船を思いがちである。たとえば、映画「パイレーツ・オブ・カリビアン」シリーズ二作目『デッドマンズ・チェスト』に登場した幽霊船、フライング・ダッチマン号のようなイメージであろう。

この船のモデルというか想像の元になったのが、「さまよえるオランダ人」という北欧伝説の幽霊船であった。「さまよえるオランダ人」は、R・ワグナーの歌劇の題材にもなっていて、アフリカ南西端の岬である喜望峰の沖を舞台として神罰を受けた船長が、行くあてもなく永遠に海上をさまようという物語だ。このオランダ人を船長とした不気味な幽霊船に遭遇すると、さまざまな不幸な目に遭うというのである。

そんな大航海時代に入った頃に流布しだしたという伝説を思いながら、太平洋の冬の霧を纏った幽霊船に見まがう漁船を見ていると、視覚だけが異世界に紛れ込んだような不思議な気分になってくる。もちろんこの船がフライング・ダッチマン号であるはずもないのだけれど、はじめて見る海上の幻美ともいえる冬の霧が、この漁船の登場によって、いっそう神秘的な大気を揺らめかせて幻惑へと誘い込んだのだった。

やがて三十分もすると、冬の霧はみるみる晴れていった。幽霊船のように佇んでいた船は、いつもの漁船の輪郭を取り戻して突堤に身を寄せると、淡々とした日差しのなかで何事もなかったように、ぽつねんと停泊したのであった。

冬霧を抜けあやかしの落つる船　裕樹

何やらゆかし

かねがね湘南平に行ってみたいと思っていた。平塚市と大磯町にまたがる広大な風致公園は高麗山《こまやま》公園と言われ、標高約百八十メートルのその山頂を湘南平と呼ぶらしい。インターネットで一帯を調べてみると、歩いて行くにはそれなりに時間が掛かるようだが、とにかく眺めが良さそうなのである。

春めくある日。早速大磯駅をスタートして歩きはじめた。大磯といえばロングビーチやプリンスホテルを反射的に思い浮かべる人がいるかもしれない。むかし懐かしい芸能人の水泳大会のテレビ番組を思い出してしまう人は、僕も含めてすでに昭和の人である。今回目指す湘南平は海側ではなく、山側のほうだ。山側のほうは立派なお屋敷や別荘が多い。

駅から歩きはじめてすぐに緩やかな上り坂になり、それからだんだんと急峻な道になっていくのだけれど、この辺りには村上春樹さんの家があるという。ファンのあいだではよく知られたことだ。僕も高校時代から村上さんの本は読み続けてきた。『ノルウェイの森』を読んだときは涙が止まらなかったし、いわゆる「鼠三部作」と言われる『風の歌を聴け』『1

973年のピンボール』『羊をめぐる冒険』などは何度も繰り返し読んでいる。十代から読んでいる作家で、いまだに最新刊が出たら購入するのは数人だが、村上春樹さんはその一人なのである。

急な上り坂を息を切らして登りながら、ひょっとして村上さんの家はこれかな？　などと見上げつつ、ふと南に眼を転じると、大磯の街並を挟んで真っ青な海が広がっていた。まだそんなに登っていないのに、もうこんなに海を見渡すことができる。

春の海終日のたり〱かな　蕪村

この距離で春の海を見ても、「のたり〱」という感じは伝わってこない。のどやかではあるが、「のたり〱」とうねる波音が聞こえてこないからだろう。蕪村のこの句は波打ち際を見つめたときの春の海の感慨といえる。今見つめている海は沈黙の濃い青の帯である。海の表情は距離感によって、さまざまな色合いを見せてくれる。

ひたすら登ってゆく。お屋敷の庭に植わっている木蓮のはち切れそうな幾つもの蕾に眼を留めながら、やがて道は細くなり山道になっていった。山道のはじめには、薪をたくさん積み上げた山小屋とおぼしき小粋な別荘も見られたが、歩くに連れて人家もなくなってゆき、杉木立と雑木が交じり合った本格的な山道になっていった。

山道を歩いていると、吹きつける風にしなる木々の葉ずれが際立った。きょうは風が強いことを改めて知る。先日春一番が吹き荒れたが、またしても春の嵐である。

春嵐鳩飛ぶ翅を張りづめに　橋本多佳子

こんな日は鳥たちもたいへんであろう。気を抜くと、強風に両翼を持って行かれるので「翅を張りづめに」して、なんとかうまく風を摑まえないといけない。湘南の片隅の町に引っ越してきてから、強風に煽られて飛ぶ鳩や鷗をよく見るようになったが、この句のように「翅を張りづめに」して空を横切っていく姿態には緊張した鋭い美しさがある。

この山道には小鳥の声はするが、姿は見えない。時折「イノシシに気をつけて」とか「頭上倒木注意」などの立て札に出合う。まぎれもなく山道を歩いていることを知らされる。アップダウンを繰り返しながら、どんどん湘南平を目指してゆく。途中、コナラの木が倒れていて道をふさいでいたり、蛇のように木の根が這い回るでこぼこした道もあったりしたけれど、慎重に足を運んで進んでいった。たまにすれ違う人がいて、「こんにちは」と挨拶を交わす。すれ違う年輩の人たちのほとんどは、きちんとした登山の恰好をしている。僕は街中を歩くようなスニーカーでコートを羽織った軽装であった。一瞬この先の山道をこんな装備で大丈夫なのだろうかと、不安になったが、インターネットに載っていた、登山ではなくハイキングコースという情報を信じて、このまま突き進むことにしたのだった。

軽い花粉症の僕は、ときどきくしゃみをしながら、山道の脇に咲いている仏の座や菫に眼を奪われた。新年の季語で春の七草の一つである「仏の座」は、「コオニタビラコ」というらしく、この山道に咲いている花とは別種であるそうだ。春の山道に咲いている仏の座は、紅色の小さな観音菩薩のような形の花を葉の付け根に立たせている。その姿がなんとも愛らしい。菫もとても可愛い。薄紫の花をぴんと張って木洩れ日を受けている。

山路来て何やらゆかしすみれ草　芭蕉

芭蕉の旅と僕のハイキングでは雲泥の差があるが、この句の持つ趣だけを取りだして見ると、「すみれ草」に出合った感慨は、そんなに違ったものではないように思う。山道でふと眼に留める菫は、ほんとうに親しさや懐かしさを感じるものである。なぜか仏の座ではそれは感じられないのが不思議といえば不思議だ。「何やらゆかし」の「何やら」がこの句を名句にしている。なんとなく心が惹かれて慕わしく感じる心持ちが、菫を眼にすると湧いてくるのだ。これは理屈では説明できない気持ちである。

菫に出合ってから、山道をさらに登ってゆくと、間もなく湘南平に辿り着いた。思わず最後の階段を駆け上がる。荒い息遣いを青々と染め上げるように、相模湾がパノラマとなって広がった。息を呑む眺望である。

正面の遥か向こうには伊豆大島が横たわり、一方には三浦半島とその先の房総半島、一方には真鶴半島とその先の伊豆半島が見渡せた。少しだけ霞がかっているためか、大島の傍に見えるはずの利島は見えない。海原は三層ほどの違った青色の階調を見せて、春の日に光り輝いている。

眩しい海光から転じて、何気なく後ろを振り向いてみると、富士山がいた。「いた」と言うくらい、普段見る山容ではない、巨大な存在感でどんと聳え立っていた。二月の雪化粧した富士山を見ながらも、逆にじっと見つめ返されるような感覚であった。

大磯駅から一時間近く歩いたろうか。頂上でしか味わうことのできない壮大な展望に喜びもひとしおである。その代わり両足は棒になった。頂に着いて一気に気が抜けたようだ。一服しようと展望レストランに向かった。

キャッチボールをしている親子やラジコンを走らせているおじさんやブルドッグを散歩させている婦人を横目に、よろよろと足を運ぶ。学生時代、陸上競技部の長距離で鳴らした選手の頃は、こんな山道などそれこそ走って来られたものだ。四十五歳の体力の限界を噛みしめつつ、展望レストランで待ち受けている飲み物と甘いものに向かって疲れ切った蟻のように歩く。海も富士山もいまは視界にはない。ただおぼつかない足取りで展望レストランに吸い寄せられてゆくのだった。

富士いまだ笑はずや山笑ふなか　　裕樹

ボコボコ

湘南の片隅に暮らしていると、魚屋が身近になる。近所を散策していて思いがけず魚屋を発見し、どんな品揃えか、鮮度のいいものが並んでいるかと、気に掛かって試しに買ってみたりする。

先日も二駅隣の町をMさんと散策していたら、常々気になっていた魚屋のことをふと思い出して初めて訪れてみることにした。いきなりこの随筆にMさんを登場させたが、実は少し前にMさんが湘南の片隅の家に荷物を持って引っ越してきたのだった。同棲というやつである。Mさんのことは、まあ置いておいて、とにかくその魚屋に入ってみた。

そこには気さくなご主人がいて、今朝市場で買い付けた魚のことをいろいろ説明してくれた。アジ、ヒラメ、イカ、ホウボウなど、どれも天然もので素人の僕が見渡してみても鮮度の高い魚が揃っていると思った。

Mさんも説明を聞きながら頷いている。迷ったあげく、ご主人おすすめの太刀魚の刺身の炙りとカワハギの刺身とその肝付きと、締め鯖の盛り合わせに決めた。締め鯖はしっかり酢で締めたものと、浅めの生に近いものがあるがどうするかと訊かれたので、浅めを選んだ。そんな刺身の盛り合わせに、ご主人が手作りしていた薩摩揚げも加えて購入し、きょうの夕ご飯にすることにしたのだった。

いざ、夕ご飯にそれらを並べてみると、なかなか立派な眺めである。薩摩揚げはMさんが野菜と一緒に煮物にしてくれた。

僕は明日ラジオに生で出演しないといけないので、二日酔いにでもなったら駄目だから、お酒はやめておこうかなと思ったけれど、刺身の盛り合わせや薩摩揚げの美味しさに、つい途中から日本酒を飲み始めてしまった。どれも日本酒に合う。大ぶりに切ってある太刀魚の刺身の炙りは、ほどよく脂がのっていて少し焼いたところが香ばしい。カワハギは太刀魚よりもさらに淡泊ながら、その肝をのせて食べると、急に白身の旨みが引き立ってたまらない滋味となった。締め鯖はほどよく締められていて塩加減もよく、いくらでも食べられそうだった。

Mさんと「美味しいね」と頷きながら、結局締め鯖は、僕がほとんど食べてしまった。

食後二時間ほど経って、お風呂に入ったあとであった。あれ？　なんかお腹がちょっと痛いぞと思った。まあ気のせいか、久しぶりに日本酒も飲んで、刺身もいっぱい食べたもんなあと自らを納得させるように余裕をかましていたのだが、あれ？　痛い、お腹が痛い。すごく痛くなってきた。いや、いや、これはもしや、ひょっとして中《あた》ったってやつか、鯖に！と急ピッチに焦りだした。

「ねえ、Mさん、お腹、痛い」

「え？　大丈夫？」

「ほんと、すごく痛い。なんか腹のなかが燃えるような、キリキリする感じ」

「もしかして、鯖かな」

「そうかな。アニサキスにやられたか。ああ、やっぱり痛いな。痛い、痛い！」

慌ててトイレに駆け込んで下したあと、少し落ち着いていたのだが、また腹の内部が燃えるような痛みに襲われた。

皆食うて一人が鯖に中りたる　三村純也

Mさんも鯖を食べたはずなのに平気でいる。

確率的にというか、運悪くというか、鯖を多く食べた僕が最悪のクジを引いたに違いない。

二人は、ふだんからたまにお灸をするので、Mさんが応急で腹痛に効くツボに据えてくれたりしたが、効力を発揮せず、僕はふたたびトイレに走った。それから緩やかに腹痛は治ってきたので、ああ、よかった、一晩寝ればなんとか明日のラジオには出られそうだなと、ようやく布団にもぐりこんだ。

明日はNHKラジオの「ごごラジ！」という番組で、パーソナリティの武内陶子さんと今ソロキャンプ動画でブレイク中のお笑い芸人のヒロシさんと一緒に、リスナーから寄せられた俳句を選んでコメントしなくてはいけない。こんな食あたりでバタバタしている場合ではないのだ。でも、よかった。とりあえず痛みは消えてきた。

しばらく布団に入ってひと息ついていると、おっと思った。お、おっと掻きむしる。なんだか痒い。脇の下やお腹周りや首筋がやたらに痒い。あれ？　これはどうしたんだ？　起き上がり電気をつけて寝間着を脱いで見てみると、うおおおっ！　すごいジンマシンやんか！　なんじゃこりゃ！　と刑事ドラマ「太陽にほえろ！」の松田優作演じるジーパン刑事の殉職シーンばりに激しく眼を剝いたのだった。ブツブツというより、大小入り混じったボコボコのむごいジンマシンである。

これはいかん、このままでは痒くてかゆくて眠られへん！　常備薬にはジンマシンの薬は一つもない。こんなとき、抗ヒスタミン剤が効くのは、四十五年も生きていれば知っている。だが、ない。もう夜中の二時半過ぎだから、このへんのドラッグストアはすべて閉まっている。やばい、やばい！　これはもうあれしか方法はない！　ということで、

「Mさん、今から救急車呼ぶから！」

と、僕はとんでもない悲痛な声を絞り出して、ジンマシンの痒みに震える体で言った。

「えっ、あのサイレン鳴らして来るのかな？」

「そりゃ、来るよ。そんなこと言ってる場合じゃないんだよ。もう痒くてかゆくて、オレ、無理だから。眠れないから！　点滴か注射打ってもらったら、ジンマシンは引くよ。明日のラジオは穴あけられないんだよ。ああ、なんで鯖なんか食べたんだろ！　くっそー！」

腹痛の次に襲いかかってきた突然のジンマシンのあまりの痒さのせいで理性を失い、Mさんに当たり散らすような言葉を吐きながら、僕は「119」に自ら電話を掛けて症状を救急隊員に説明した。二分で来るという。早い。素晴らしく早い。痒さで震えながら、病院に行く準備をすると、Mさんも付いてきてくれるという。寝てていいから、大丈夫だからと言ったけれど、付き添ってくれるというので任せることにした。

「悪いなあ、こんな夜中に」

「とにかく腹痛は治まってよかったよ」

ほどなく救急車のサイレンが聞こえてきた。来た、来た、来てくれた！　と僕は「正義のヒーロー」が駆けつけてくれたような思いで、救急車に乗り込んだ。

すぐに隊員の人に担架に寝るように指示されて再度状況を確認される。

そのなかで「最近の渡航歴は？」という質問があった。そうか、新型コロナウイルスかと思い至る。近々の渡航歴はない。しかし熱を計ってみると三十七度七分あった。これは赤く腫れ上がったジンマシンが熱を持っているからだろう。たしかにちょっと熱っぽい。血圧も少し高いようだ。でも、意識ははっきりしているし、自分ではただ痒いだけである。

深夜の国道は空いている。すぐに救急を受け付けている病院に辿り着いた。担架に寝たまま処置室に向かう。そこには看護師さんと、若い男のドクターが待機してくれていた。

こうなった経緯をドクターにできるだけ細かく話した。

「先生、やっぱりアニサキスでしょうか？」

「そうかもしれないですね。はっきりした原因はわかりませんが、もしアニサキスだとしたら、胃に食らいついていたものが、下痢しているうちに剝がれ落ちたのかもしれませんね。だから腹痛は治ったのかもしれません。今、痛くなかったらアニサキスはもう心配ないでしょう。とにかく点滴しましょう」

「ありがとうございます。こんな夜中に鯖に中ってジンマシンなんて、すみません」

「いえ。ほんとに痒そうですね。でも嘔吐も息苦しさもないので、よかったですよ」

ドクターが優しくそう言ってくれると、あとは看護師さんが点滴の針を左腕に刺してくれた。しばらく安静にする。点滴の終わる頃には体が震えるほどの痒みはなくなり、赤みも少しだけ引き始めていた。点滴ってすごい。僕は、夜勤の救急隊員やドクターや看護師さんに心の底から感謝したのだった。

Mさんは心配そうに待ち合いのソファーで待っててくれていた。

「大丈夫？　あ、ちょっと赤み引いてるね」

「ありがとう。一日分の薬ももらったし、明日のラジオはなんとかなりそうだよ」

結局病院からタクシーで家に帰り着いたのは朝の五時前だった。もらった薬を一錠飲んですぐに寝た。朝九時半まで四時間半近く深い眠りをとることができた。

まだジンマシンも残っているし、痒い部分もあるけれど、僕は朝食をしっかり食べて、玄関でMさんに見送られると、電車に乗ってNHKのある渋谷に向かった。

鯖、いや刺身はしばらく食べたくない。次にもし締め鯖を食べることがあったら、百回くらい噛みに噛んで、アニサキスを咀嚼で抹殺してから呑み込むことにしよう。僕は自らに激しく強く誓いを立てたのだった。

春の夜の奢りの果ての救急車　裕樹

嵌め殺し

三月三十一日の朝、ちょっと熱っぽいなと思って体温計で計ってみたら三十七度あった。平熱はだいたい三十六度四分である。これはいかんぞと思った。すでにWHOによりパンデミック宣言がなされ、世界中に新型コロナウイルスの感染が拡大し、日本でもみるみる罹患者が増えている状況下である。ついに自分にも来たかと身構えた。トイレにも駆け込んだ。下痢の症状がある。

「なんか熱あるみたい。下痢もした」

同居しているMさんに告げると、

「えっ」

と一瞬、絶句して表情が止まった。それはそうだろう。この時期に発熱や下痢があるということは、コロナ感染がすぐに頭をよぎる。

「オレ、二階の書斎に閉じこもるから」

すぐさま布団を自分の書斎に移動させて、隔離の態勢を整えていった。

もし発熱したらどう対処するかを常々考えていたから、躊躇《ちゅうちょ》のない決断だった。だが、きょうはインタビューを受ける仕事が入っている。どうしようと考えたが、午後一番の予定だったので、僕の所属事務所のWさんに電話をして体調不良を訴えた。すぐに先方に連絡を取ってもらい、今回は中止となった。

それからお昼ご飯に温かいうどんをMさんに作ってもらい、書斎まで運んでもらった。その際、書斎には決して入らないように、ドアの前にお盆をおいてもらうようにした。できる範囲の隔離を実行するためである。もしも僕がコロナに感染していたら、濃厚接触することでMさんにうつしてしまうかもしれない。それだけは避けたかった。

夕方ふたたび熱を計ってみたら、三十七度七分まで上がっていた。ずしんと胸が騒ぎだす。ぐるぐるといろいろ考える。

テレビやインターネットの情報では、風邪の症状や三十七度五分以上の発熱が四日以上続いた場合、保健所に電話で相談するようにということだった。まずはきょうは一日目ということか。いや、そういえば昨夜寝床に入ったときに、妙に背筋に悪寒が走って震えながら眠りについたことを思い出した。あのとき熱は計らなかったが、もうすでに発熱していたのではないか。そうすると、きょうで二日目ということか。そんな計算を少しぼうっとした頭でしながら、ふと四日後に控えているNHKラジオの生出演の仕事が胸をよぎった。仮に熱が下がったとしても、もしコロナに感染していた場合、僕と接触した人にうつしてしまう可能性がある。至急手を打たなければいけない。それでまたWさんに連絡を取って、先方に僕の体調不良を伝えてもらった。結果、出演は中止。これで二本の仕事に穴を開けてしまった。せっかく前々から入念に準備してくださっていた方々に申し訳ない気持ちでいっぱいになる。ふつうなら、これくらいの熱なら押して仕事に行くのだが、コロナはそうはさせてくれない。そこが非常に歯痒い。僕は鬱々とした思いでとりあえず水分補給をすると、いつしかまた眠りに落ちていった。

夜八時近くに目覚めて、脇の下で体温を計ってみる。どこか祈るような気持ちである。ピピッと知らせる音を待ちわびる。鳴るまで妙に時間が長く感じられる。これはひょっとして、さらに熱が上がっているのだろうか。頼む、下がっていてくれ。ピピピッピピピッ。ついに鳴った。すぐさま脇の下から体温計を引っこ抜いて見る。三十七度一分。六分、下がっている。「よし!」と頷く。

書斎から一階にいるMさんに電話をかける。

「熱下がったよ。三十七度一分」

「ああ、よかった。食欲はある?」

「うん、お腹すいたな」

「じゃあ、もう少ししたら持ってくね」

しばらくしてドアをノックする音がして、

「夕飯、おいとくよ」

というMさんの声がドア越しに聞こえた。

ありがたい。Mさんが階段を下りていく気配に耳を澄ませつつ、いなくなったことを確かめてからそっとドアを開けると、夕食の載ったお盆を書斎に運び入れた。

新型コロナウイルスは、空気感染はしないようだが、エアロゾル感染はするかもしれないというので、とにかくMさんは僕から距離を取ったほうが安全なのは間違いない。あくまで自分がコロナ感染者かもしれないという疑いの前提にたっての話であるけれど。

しかし、この状況は用心しても用心しすぎることはないだろう。ただの風邪かもしれないが、そう楽観視して接触するにはリスクが大きい。こんなときにPCR検査を気軽に受けられればいいのだが、日本ではそうもいかない。とにかく自宅待機しながら養生して体調を注意深く観察していくしかない。

Mさんの運んでくれたお盆には、「今晩のメニューはサムゲタン風薬膳スープです。鶏肉は体力が落ちているときに良いみたいだよ。しっかり食べて良くなりますように」というメッセージが添えられていた。サムゲタン風薬膳スープからは美味しそうな、いかにも弱った体に効きそうな香りが立ちのぼっていた。ああ、香りがわかると安心する。コロナの症状の一つと言われている嗅覚障害は出ていないようだ。

「いただきます」と手を合わせて、スプーンで一口食べる。美味しい。ああ、味覚もしっかりある。味覚障害もコロナの症状の一つとされているが大丈夫そうだ。

大丈夫といえば、二日前に志村けんさんが、新型コロナウイルスによる肺炎のために亡くなられた。小学生だった僕を一番笑わせてくれたのは間違いなく、「8時だョ！全員集合」

のザ・ドリフターズであり志村けんさんだった。友だちとヒゲダンスも真似したし、「カラスの勝手でしょ♪」も歌ったし、「最初はグー、またまたグー、いかりや長介あたまはパー、ジャンケンポン」も数えきれないくらいやった。でも、もう志村けんさんはあの世に旅立ってしまった。まさか、世界的なパンデミックに巻き込まれるかたちで、志村けんさんが命を落とすとは誰が予想しただろう。ほんとうに切ない。やりきれない。

僕はMさんが作ってくれたサムゲタン風薬膳スープを残さず食べると、二階のトイレに付いている手洗いで歯磨きをすませ（一階の洗面所を共有することもリスクがあるので僕は自ら使用を禁止した）、八木重吉の優しい詩篇をいくつか読んでからまた眠った。

翌朝七時くらいに眼を覚まして体温を計る。計り終わった体温計のピピピッの音が意外に早く鳴ったように思った。素早く脇の下からそれを抜き取る。三十六度三分。下がった！平熱だ。思わずガッツポーズする。

Mさんが起きている気配があったので、電話を入れた。

「おはよう。下がったよ。三十六度三分」

「よかったね！　もう大丈夫だよ」

「うん、ありがとう。でも油断せずにしばらく様子を見るよ。隔離も続けるから」

「わかった。あとで朝食持っていくね」

それからきょうまで毎朝体温を計り続けているが、平熱が続いている。下痢は熱が出てから五日目くらいで治った。熱が下がってからも、かれこれ三週間近く自主的な隔離を続けたけれど、窮屈でなかなかたいへんであった。だが、少しでもコロナの疑いがある以上、これは間違っていない処置だったと思っている。果たしてこれが軽症のコロナだったのか、それともただの風邪だったのかは不明である。

たまに眼の前に広がる人気《ひとけ》のない浜辺を散歩するくらいで、二階の書斎に閉じこもる生活を続けたけれど、ここの窓からも太平洋を見渡すことができるのでずいぶん癒された。窓を開けると、海風が書斎を清めてくれた。コロナ感染を予防するには換気が必要不可欠だというが、窓から絶えず流れ込んでくる海風は、Ｍさんの作ってくれた料理とともに、最高の薬だったかもしれない。

書斎の窓は開閉できる窓だが、こんな句ができた。それは自己判断の隔離状態であったせいかもしれない。春の季語「鳥雲に」は「鳥雲に入る」を略した言い方で、日本にいた渡り鳥が北方へと帰っていく光景を指している。開け放った窓から見るより、開かない窓から眺める渡り鳥のほうが、自分との隔たりをいっそう感じるに違いない。

新型コロナウイルスは、人間に否応なく自己と他人との「距離」の再考を促す。人間とはまさに人同士の間合いのなかに息をしながら暮らす生き物だったのだ。

大いなる嵌め殺し窓鳥雲に　　裕樹

野菜のお友だち

立夏も過ぎた五月のリビングの窓から差し込んでくる海光眩しいとある日の朝食は、食パンに温かいルイボスティー、半熟よりもとろんとした目玉焼き、スライスした白カビチーズ、ミニトマトとレタスのサラダ、エビのビスクスープであった。食パンには、今お気に入りのデンマーク産クリームチーズやボンヌママンのマロンクリームなどを付けていただく。

いずれも手際よくMさんが用意してくれる。この湘南の片隅の町に引っ越してきたときは、ミキサーを使ってよく野菜ジュースを自分で作って飲んでいたのだが、Mさんが来てからは、しっかりした朝食を作ってもらうことが多くなった。僕はもっぱら皿洗いの役割だ。

五月に入ってからも湘南は緊急事態宣言が続いているけれど、環境的な閉塞感はあまり感じることがない。それはひとえに眼の前に広がる海とすぐ近くにある山のおかげだ。

「家からこの景色ってほんとに贅沢だよね」

朝食を食べ終えたMさんが、ティーカップを片手に沖のほうを見つめながらつぶやく。

「こんなときだからこそ、この海の景色はありがたいよね。あ、鳶と鴉が喧嘩してる」

海原を借景に窓越しにいろんな生き物が通り過ぎてゆく。たまに鳶と鴉が喧嘩している場面に出くわす。お互いすうううと近寄って小競り合いをしたかと思うと、また軽やかに離れてゆき、ふたたび旋回してくると、翼を激しく打ち付け合ったりするのであった。

鳶と鴉にとっては、ひょっとしていのちを賭けた鍔迫り合いかもしれないけれど、窓越しに見ている僕らにとってはどこまでものどかな風景でしかない。

「これで食パンも切れたんだよね？　買いに行こうか、散歩がてら」

僕はルイボスティーを飲み終えると、食器類をシンクに運んで、手早く洗っていった。

きょうはほんとうに五月晴れで日差しが強い。こんな日は海の色も煌めきを増し、青色を深めて美しいのだが、目当てのパン屋さんは山のほうにある。スニーカーを履いてウォーキングする出で立ちで僕らは玄関を出ると、海を背にして山のほうに足を向けた。

すっかり葉桜になった散歩道の途中の藤棚には紫色の花房が優雅に垂れ下がり、至るところに熊蜂の羽の細かく震える音が響いていた。

藤ゆたか幹の蛇身を隠しゐて　鍵和田秞子

この句の藤の蛇身のような艶めいた幹ではなかったが、なかなか立派な風情で咲き誇っていたので、しばらくMさんと佇んで見上げると、またゆっくり歩きだした。それからえんどう豆や玉ねぎが植わっている畑を横目に、青葉若葉に染まった山も時折遠目に歩いてゆくと、ほどなく小さなパン屋さんに辿り着いた。美味しそうなパンが何種類も並んでいる。二人で「ううん、ううん」とひとしきり悩んだ挙句、いつもなら食パンかカンパーニュだけれど、きょうは葡萄パンも捨てがたいという話になった。小型のではなくて、食パン型の大きな葡萄パンがいい色合いで陳列されていたのである。

「葡萄パンってさ、軽くトーストしてバター塗って食べると、美味しいんだよね」

「ああ、それ美味しそう」

Mさんの同意を得ると、結局この僕のひと言が決め手となって葡萄パンに決まった。

パン屋さんを出ると、帰りはちょっと寄り道して、一軒家が並ぶ静かな住宅街の道に入っていった。

歩いているとすぐに路上の野菜売り場を発見した。百円とか二百円の代金を空き缶の切れ目に投入して、野菜が買える無人販売所である。Mさんにそのことを告げたが、最初なぜかゴミ捨て場と見間違えたようで通り過ぎようとした。

「ねぇ、ここは野菜売ってるとこだよ」

僕がMさんの背中に声を掛けると、彼女は振り向いて少し引き返してきた。

「あ、ほんとだね。野菜がないから気づかなかった」

たしかにきょうは完売したようでがらんとしている。すると、ほっかむりをしたおばあちゃんが向こうから歩いてきた。僕らも無人販売所から離れて、おばあちゃんのほうに向かって歩を進めてゆくと、

「こんにちは。きょうは暑いね」

と、ほっかむりから挨拶された。

「こんにちは。ほんとに暑いですね」

僕らもおばあちゃんに挨拶を返す。

おばあちゃんはいかにも今畑から帰ってきたという様子で、片手にバケツを持っている。

そしてそのバケツには何やら野菜がぎゅうぎゅう詰めに入っていた。

「ひょっとして、それ、芹ですか？」

Mさんがバケツの野菜に釘付けになったように問いかける。

「そうだよ。芹、好き？」

「はい！　大好きなんです、芹！」

急に一オクターブ上がったMさんの声に、僕は笑いがこみ上げてきた。それはふだんから野菜売り場で芹を見つけると百パーセント購入するほど、Mさんが芹好きだと知っていたからである。

「じゃあ、あげるよ」

このおばあちゃんのひと言に、Mさんの声がさらにヒートアップして裏返らんばかりの喜びの色をなした。僕もMさんにつられてすっかり芹が好きになっていたので、同じようにびっくりして喜びつつも、

「ダメです、ダメです。買います！」

と、二人とも声を揃えて言った。

「きのうも食べたしさ、こんなにいっぱいあるからあげるよ。ちょっと、そこのナイロン袋とってきてくれる?」

おばあちゃんは、なんと今通り過ぎたばかりの野菜の無人販売所の主だったのだ。

そこでまた二人とも「ええっ!」と驚くと、慌ててMさんが無人販売所のナイロン袋を取りに駆けていった。

「ほんとにいいんですか。すいません。こんな立派な芹を。嬉しいです、ほんとに」

僕は、Mさんがナイロン袋を取っているあいだ、おばあちゃんにひとしきりお礼を伝えていると、すぐに彼女が戻ってきた。

「この芹はねぇ、うちの畑で採れた無農薬。お浸しか胡麻和えにすると、美味しいよ」

おばあちゃんが話しながら、どんどんナイロン袋に芹を詰め込んでくれる。

「うわあ、いい香り! ほんとに嬉しいです! 芹ごはんにしても美味しいんですよね」

「そんなに好きなら、もっと持っていって」

おばあちゃんは、僕らの制止を振り切るように、さらにナイロン袋一杯に詰めてくれた。

「芹はもう終わりだけどね、これからね、胡瓜が美味しくなるのよ。無農薬で作ってるから、胡瓜がトゲトゲしててね、新鮮なのよ」

おばあちゃんは満面の笑みで、通りすがりの氏素性の知れない僕らに、芹を山ほど分けてくれると、こんな提案をしてくれた。

「じゃあ、野菜のお友だちになろうよ。うちのポストに名前と電話番号書いたメモを入れといてくれる。その無人販売所の裏がうちだから。野菜採れたよって電話するよ」

なんて素敵な提案だろう。二人は「ぜひ！」とまた声を揃えて返事した。

僕らは何度も頭を下げながら、おばあちゃんと別れて、薫風吹き抜ける住宅街を通って帰路についた。山盛りの芹の入ったナイロン袋と葡萄パンを大事に持って。

「でもさ、あのタイミングでよくおばあちゃんに出会ったよね。帰りに寄り道しなかったら、出会ってないわけだし。それでおばあちゃんがMさんの大好きな芹をバケツに持っていたから、さらに話が広がったわけでしょ？　ささやかな出会いに見えるかもしれないけど、出会いの極意のような、大切な何かが詰まっているようにも思えるんだよなあ」

僕はおばあちゃんにいただいた芹を使ったMさんの料理を食べながら、そんなようなことをひとしきり語った。

一瞬の閃き、判断、タイミング、行動が思いもかけぬ出会いを引き寄せる。それは良いことも悪いこともある。今回は良いことにつながった。芹ごはんに芹の胡麻和えと、芹尽くしの夕飯をいただきつつ、Mさんが喜悦満面の表情で箸を動かす灯の下、今まで自分を助けてくれた出会いにしばし思いを馳せたのだった。

頂きし芹の香は良き出会ひの香　裕樹

はらわたのメダカ

湘南の片隅の町に暮らしていて、三密になる場所といえばスーパーマーケットの大型店くらいで、あとはほとんど人影もまばらで平常運転である。こういうとき田舎はほんとうにありがたいと思うのだが、小さな店舗でも出入口にはアルコール消毒液が置かれ、レジにはビニールカーテンが垂れ下がり、どの店員もマスクを着用しているのを見ると、やはり新型コロナウイルスの影がこの町にも静かに伸びてきているのを感じざるを得ない。

寂れた商店街をMさんと歩いていると、田舎にありがちな雑然となんでも売っている店の前にプラスチックの容器に入ったメダカを見つけた。値段が書いてあるから売り物である。見つけたと書いたが、ほんとうはとっくのむかしに見つけていた。でも、敢えて足を止めなかった。それは単純な理由で特にメダカを飼うつもりなどなかったからだ。だが、きょうは違う。二人ともこのメダカを目当てに商店街にやってきたのだ。

なぜ急にメダカを飼おうと思ったのかというと、コロナ終息の見えぬ状況のなか、何かと自粛する暮らしにおいて、ちょっとした変化を求めていたのだろうと思う。メダカを飼うと同時に、僕とMさんは家庭菜園にも目覚めていくのだが、そのことについては、今回は触れない。とにかくメダカである。

プラスチックに入ったメダカの容器がいくつかあったのでどれがいいのか、花柄の手作りマスクをした店員のおばちゃんに相談しながら決めた。

「これなんかいいんじゃない?」

正直どこが決め手でおばちゃんが推薦するのかわかりかねるメダカが五匹入った容器を僕は手に取った。まあ、でも狭い容器のなかでメダカたちは確かに元気に泳いでいる。しばらく二人ともメダカを見つめてみる。

「うん、いいかも」

Mさんもなんとなく納得すると、これまたおばちゃんが選んでくれた水草のホテイアオイとともに、僕たちはメダカを購入した。

海辺の我が家にやってきた五匹のメダカたちは、少しのあいだ玄関の戸棚の上に置かれていた。小さな容器に入っていたので早く大きな入れ物に移し替えてあげたかったのだけれど、そのためにはカルキが抜けた水が必要である。蛇口から出てくる水道水をすぐにメダカの水に使うと、みんな死んでしまうのだ。だから大きな琺瑯《ほうろう》の入れ物があったので水を張って三日ほど寝かせることにした。

ようやく水が整うと、琺瑯の入れ物にそのままメダカを移し替えた。メダカたちにとってはずいぶん大きな環境になったので、さぞかし気持ちよく泳げるようになっただろう。人間の住まいでいうと、四畳からいきなり二十畳くらいになったようなものである。

リビングの隅に置いた琺瑯に移し替えたメダカたちの泳ぎを僕はじっと見ていたのだが、意外なことに気づいた。僕は容器が大きくなったので、一匹一匹自由に泳ぎ回るのだろうと思っていたのだ。それが全然散らばらない。集団行動なのだ。はぐれそうになってもすぐに群れに戻ろうとする。寂しがり屋のように思えるメダカだが、「めだかの学校」と歌うくらいだから、元々集団で生きる魚なのだろう。見ているだけで楽しくなる。

「メダカ、食べちゃダメだよ」

メダカを覗き込んでいる僕に、Mさんが笑いながら言った。

「食べないよ、このメダカは」

僕も笑って応える。

Mさんのこの変な忠告の下敷きには、

はらわたに飼ひ殺したる目高かな

という以前僕が詠んだ一句のことがある。この句には「泳ぎがうまくなると言はれて目高を呑めり」という前書が付いている。

そんなことを言われてもにわかに信じがたい人もいるだろう。僕自身も今にして思えばむかしは変なことを何の疑いもなく、自然にしていたものだなあと思う。

小学生の頃、夏休みにはよく両親の故郷である熊野本宮に帰省した。和歌山市に住んでいたので、父の運転する車で、母方の祖母の住む家に向かったのである。熊野のおばあちゃんの家に帰省して何が一番楽しみかというと、川で泳ぐことだった。真夏の熊野川で泳ぐことほど気持ちのよいものはない。

そこで親戚の子と一緒に朝から熊野川に駆けていくのだが、ある日、浅瀬に泳いでいたメダカをさっと掌に掬い取った親戚の子が、何の迷いもなく口に入れると、ごくりと飲み込んでしまった。

「ゆうきも飲んでみい。泳ぎうまなるで」

一瞬ぽかんとした僕は、それでもなんだか美味しそうであり、泳ぎももっとうまくなりたかったので、同じようにメダカを掬い取って川の水が掌から零《こぼ》れ落ちないうちに素早く口に入れて何匹もの小さなメダカを一気に飲み干した。もちろんただ飲み込んだだけだから味はしない。喉越しもよくわからない。今頃、自分の腹のなかを泳いでいるんだろうなあと想像するだけである。

それから大人になってあの踊り食いのように飲み込んだメダカたちは、内臓のなかで飼い殺された状態でもあったのだろうと懐かしく思いを馳せたのだった。上京してから何年も経った折に、不意にあのむんむんと緑が匂い立ち、蝉が鳴きしきり、小学生の僕の裸に優しく触れて通り過ぎていった川風が、たまらなく心地よかったことを幻のように思い出してできたのがメダカの一句である。

メダカを飲むなんて、熊野地方の子たちだけだろうかと思い、パソコンで調べてみると、なんとあの本田技研工業の創始者である本田宗一郎も子どもの頃に、天竜川のメダカを飲んでいたというではないか。飲んだ理由は、やはりメダカを飲めば泳げるようになるとのことだった。また、メダカを飲むと眼が良くなるという地方の言い伝えもあるらしい。

おそらくもっと詳しく調べてゆけば、人間にメダカが飲まれてきた歴史はけっこうあるのではないだろうか。しかし、この不思議な風習は、川もそこに住む魚も綺麗だからこそできるのである。そう思うと、日本の清流もだんだん少なくなってきた現状を憂い、自然破壊を心底嘆きたくなるのであった。

そんなわけで僕はさすがに買ってきたメダカを、子どもの頃を懐かしんで飲んだりはしなかった。そして我が家のメダカは、このまま琺瑯の入れ物で飼われたわけではない。この後、Mさんがインターネットでなかなか素敵な睡蓮鉢を探し当てて購入し、メダカたちはそこに移住させた。琺瑯の入れ物からさらに大きな容器になり、二十畳から六十畳くらいの広さになったようなものである。

そういえば店員のおばちゃんが、このメダカは卵を持っていると言っていたことを思い出した。僕は睡蓮鉢のメダカのお腹を宝探しのようにつぶさに点検してみることにした。

ふるさとの川を遥かに目高飼ふ　　裕樹

二粒のミニトマト

七月某日、お昼の三時半のヤフーニュースのトップの見出しは、「都感染三六六人 初の三〇〇人超え」であった。観光支援事業「Go To トラベル」が始まったばかりだというのにこの数字である。この国の明確なコロナ対策が見えぬまま、僕はいまだに明けぬ梅雨の薄暗い相模湾の沖合を一人見つめていた。

一人というのはMさんが入院してしまったからである。実は、という言い方もなんだか気恥ずかしいのだけれど、Mさんとは少し前に籍を入れて結婚した。僕は芸能人ではないので、このような公の場で発表しなくてもいいとは思うのだが、海辺の暮らしをここに綴っていく以上、やはり書いておかないと、いろいろ齟齬が生じることもあろうかと考えた末、敢えて記しておくことにした。

そしてMさんのお腹のなかには僕との子どもがいる。こう書くとすぐに「じゃあ、できちゃった結婚?」みたいな勘繰りをする変な風潮があるけれど、そうではない。まあどのように思ってもらっても構わないが、とにかくMさんと結婚して、彼女は妊娠している。入院したのは、切迫早産の疑いがあったからだ。大事に至らないように産院で点滴を打ちつつ、彼女は静かに養生しているのだった。

青梅雨のわが病室へ通ひ妻　石田波郷

波郷が結核で入院していた頃、奥さんがその病室に通って見舞いを繰り返したのだろう。夏の季語「青梅雨」は青葉や青々と茂った草花を連想させる。単に梅雨というと鬱陶しさが先に立ちがちだが、そこに「青」の語が加わるだけで途端に生命力が湧き上がってくるようだ。波郷の病室の窓からも雨に濡れた青葉の風景が見えたのかもしれない。

Mさんが入院してだいぶ経つけれど、僕は波郷の句とは反対の「通ひ夫《つま》」となって、いろんな差し入れを持って見舞いを続けている。幸いMさんも胎児も元気で、彼女のお腹は順調に膨らんできている。見舞いに行ったら必ず触らせてもらう。このお腹にMさんと自分との子どもがいるなんて、まだぴんときていないところもあって、しんとした不思議な気持ちになる。もうすぐこの子の父になるという自覚が自分には足りないのだろう。生まれてきて初めて自覚できるのか。

四十五歳まで独身できた自分にとって、結婚は一大事だが、さらにその上をいくと言ってもいい妻の妊娠という、これまた一大事に巡り合ったことに、まだ自分の思考が追い付いていないのかもしれない。しかしMさんが切迫早産の疑いがあり、緊急入院したときに、これまで感じたことのない動揺が胸中に渦巻いたのだから、妻のお腹のなかには子どもが宿っているという意識が、僕にも確かにあったのだなと改めて気づかされたのだった。

Mさんが入院する前に、二人ではじめた家庭菜園は順調に収穫を迎えていた。メダカを飼いはじめたのとほぼ同時に、二人でプランターに植えた大葉、レタス、バジルはすくすくと育っていた。これらはMさんが入院する前からけっこう収穫できたので、彼女もあまり心配していないようだったが、もう一つのプランターに植えたミニトマトの生長が入院していても気になるようで、

「ねぇ、トマトなってきた？」

と、見舞いに訪れた際、点滴されている腕の具合ももう慣れた感じで、Mさんは僕が淹れたハーブティに口をつけた。

「いいタイミングで訊くね」

僕は自分のカップを置くと、バッグに入れて持ってきたミニトマトをそっと握って、Mさんの眼の前でぱっと掌を開けてみせた。

「わあ！　これ、うちのトマト？」

「そうだよ」

「すごいじゃん！　すごい、すごい！」

「Mさんがいないあいだに、ほら、こんなになってきたんだよ」

僕はMさんの掌にミニトマトを載せてから、プランターのトマトの様子を撮った写真をス

マートフォンで何枚か見せてあげた。

「え？　こんなになってるの？　よかったね。成功したね！」

ほんとうは二人でトマトの生長を観察しながら、一緒に収穫したかったのだが、しかたがない。でも、こうやってささやかな収穫の喜びを分かち合えたのだからよしとしよう。

トマトを植えたときは、二人とも収穫できるのか、半信半疑であった。ひょろひょろとした苗で、これが生長してあの真っ赤なトマトを実らせるのか、まるで想像できなかったのだ。おまけにこの海辺の我が家は、毎日海風が吹く。一ヶ月で自転車に錆が浮いてしまうくらいの塩害である。南米ペルー原産のトマトがこんな湿気の多い、常に海風に晒されている庭で果たして育つものだろうか。

　そんな不安を抱きながらも、水をやり続けた。がある日、いつの間につけたのやら小さな青い実がしっかりなっていたのだった。こんな吹きさらしの場所でも、トマトは力強く実るのだなと妙に感心して、この野菜の生命力に眼を見張ったものである。その後も順調に育ち続け、いまMさんの掌にある真っ赤なミニトマトにまで生長したのだった。

トマトーの紅昏れて海暮れず　篠原鳳作

「トマトー」は英語っぽい発音で読み上げるのだろうか。おもしろい響きの出だしである。その紅は日暮れとともに暗くなっていくのだが、海はまだ青い波間を残しているのだ。海辺の我が家の庭でも、この句と同じようなトマトと海との色彩の対照が見られるに違いない。こうやって俳句が実際の風景の発見に繋がることもあるのである。

僕は、Mさんから二粒のミニトマトを手渡されると、病室の洗面所で丁寧に洗った。

「さっ、ちょっと食べてみて」

「いいの？」

「いいよ、もちろん」

「いただきます」

「どう？」

「美味しい。しっかりとしたトマトの味だよ」

「ほんとだ。美味しいね。うん、いける」

こうやって、湘南の片隅の家の庭で初めて採れたミニトマトの味見は、産院の病室でひそやかに行われたのだった。

見舞いはコロナのこともあり、夫のみ三十分間だけ許されている。三十分はお茶を飲んで話しているとあっという間に過ぎてしまい、いつも結局一時間ばかりいるのだけれど、病院側も大目に見てくれているようだ。

帰り際、着替えを手渡し、洗濯物を受け取って、彼女の膨らんだお腹にそっと触れてゆくのが習わしのようになった。

「なんて言ってる？」

「もうそろそろ病室も飽きたから、海辺に帰りたいってさ」

「うん」

Mさんは深く頷き、少し寂しそうに笑った。

海風も陰雨も糧ぞトマト生る　裕樹

憧れのまご茶

「えいやっ！」

八月も終わりに近づいた海の光が差し込む朝の洗面所で、日めくりカレンダーを引っぺがすときのMさんの掛け声が響いた直後、

「キャーアアアッーー！」

という悲鳴が聞こえたので、「おい、どうしたどうした！」と、まだ寝ぼけていた僕の頭は急に覚めて、慌てて駆け付けていった。

切迫早産の疑いで入院していたMさんは無事に退院して、お腹の子も順調に育っている。それだけに彼女の行動や様子にはちょっと神経質になってしまう。いま転んだりしたら、たいへんだからだ。

「どうした？」

「小《ち》っちゃいムカデが落ちてきたの」

「お、それは退治しないとダメだね」

百足虫の肢数へたることなかりけり　亀田虎童子

ムカデは「百足」「百足虫」「蜈蚣」と漢字で書いたりするが、この句のように実際数えたことのある人は、おそらく昆虫学者くらいだろうし、ほんとうに百の足があるのかどうかはわからない。一般的に「百」「千」「万」などの数字は、「数の多いこと」を意味するので、「百足」もきっとアバウトなネーミングなのだろう。そんな事情を逆手に取ったようなこの句は、どこかユーモラスである。

僕はティッシュペーパーを右手に持って、日めくりカレンダーの下の床に這う子どものムカデを見つけ出した。発見されたムカデは、体を小刻みにくねらせて逃げようとする。

Mさんは少し離れたところで、怯えた眼でじっと見つめながら、

「どこから入ってくるんだろうね……ムカデが入ってくるエリアがあるのかな」

と、心配そうな声でつぶやいた。

「たぶん入ってくるとすると、洗濯機の排水口あたりかなと思うんだけど」

僕はそう言って、ムカデにティッシュペーパーを被せると、スリッパを履いた足でそいつを踏みつぶした。つい先日も大きなムカデが出て騒ぎになったのだが、そいつは箒で塵取りに掃き入れると窓を開け、庭の先の藪に生きたまま放り投げて殺さなかった。

この小さなムカデは踏みつぶしてゴミ箱に捨てたのに、なぜあの大きなムカデは殺さずに

窓から放って逃がしたのか。僕には自分のその瞬間に働いた精神の動きを正確に分析することはできない。小さいから足で踏みつぶした、大きいから足で踏みつぶすのは危険と判断し生け捕りにした、そんな単純な心理ではないようにも思う。人間というのはつくづく傲慢で恐ろしい生き物であり、一瞬の判断のうえのもろもろの行動が、見えない複雑な精神の作用を経て行われるのだろう。

ひげを剃り百足虫を殺し外出す　西東三鬼

この句を見ると、百足虫を殺すことはなんでもない日常の一部として扱われている。そこがちょっと恐ろしい。人を刺すか嚙むかして害をなす節足動物とはいえ、「殺し」を一つやっておいて、平気で外出する人間の酷薄さを感じさせる一句である。

僕もムカデを殺したあと、洗顔をして朝食を食べ、歯を磨いてから洗濯物を干すという何のわだかまりもない日常を送った。まあ、みんなそんなものだよ、ムカデ一匹、ゴキブリ一匹殺して胸を痛め、罪の意識をいちいち感じていたら生きていけないよ、と言われてしまえばそうかもしれないが、そんなことに立ち止まって考えてしまうのも理不尽な部分を持つ人間の複雑さであろう。

あれだけの悲鳴を上げたMさんも、もうムカデのことなんかすっかり忘れたように、だいぶ大きくなった自分のお腹を撫でながら、窓外の海を見つめている。

「さあ、きょうの昼は、まご茶だよ！」

いきなりMさんが元気よくそう宣言した。

「よし。じゃあ、市場に行こう！」

切り替えの早い僕らの頭は、すでにまご茶のことでいっぱいになった。

「まご茶漬け」とも言われるまご茶とは、飲むお茶のことではない。伊豆地方などで食べられるアジの刺身をご飯にのせて、出し汁を注いでお茶漬けのようにしていただく料理のことである。いただくと書くと、上品そうに聞こえるが、もともと漁師が漁の最中に船のうえでさっと手際よく作って豪快に食べるようなものらしい。そうして「まご茶」の由来は、「まごまごしないで早く飯を食え」ということらしく、漁師めしとして納得のいくネーミングである。

そもそもなぜ、まご茶を食べようという流れになったのかというと、Mさんの友人が伊豆に旅行に出かけたらしく、ラインで美味しそうなまご茶の写真が送られてきたのが、きっかけであった。その写真を見てから、

「美味しそう。食べたいなあ。ねぇ、伊豆に行こうよ」

と、Mさんが言い出したのだった。

僕は妊娠中のMさんを、この新型コロナウイルスが幅を利かせている世界に連れ出して旅行するのは、やっぱり警戒する気持ちがあった。だから、「まご茶だったら家でもできるよ」と提案したのだった。

市場というのは近所にある魚市場のことで、朝獲れの新鮮な魚がずらりと並ぶ。アジならこの湘南で獲れたものでも充分に美味しいし、何より新鮮である。

帽子を被った僕とMさんは、汗を掻きかき残暑が猛烈に厳しいなかを、ゆっくり歩いて市場に着くと、湘南で今朝獲れたばかりのアジをさばいてもらって購入し帰ってきた。

妊婦は通常よりも平熱が高くなるようで、Mさんは吹きこぼれるように汗を掻いている。二人ともしっかり水分を摂ってから、シャワーを浴びると、しばらく冷房の利いた部屋で休んだ。

「二匹買ったから、一匹は漬けにして、残りはそのまま刺身で食べようか」

Mさんの提案に深く頷いた僕は、フォークナーの『八月の光』に挟んである栞を取って読みはじめた。コロナが席巻する世の中になって、自粛生活を送り出してから、いわゆる名作と呼ばれる書物を中心に読むようになった。長編である『八月の光』もいつか挑戦してみたかった小説で、八月に入ってから読もうと決めていた。『八月の光』を八月に読む、我ながら単純すぎる理由の読書である。

そのあいだ、Mさんはせっせとまご茶の準備をしてくれた。やがて、

「できたよ～。いつでも食べられるよ」

という合図で、僕はランチョンマットをテーブルに敷き、箸や皿を揃えていく。

食事の準備が整うと、早速Mさんは熱々のご飯に、薬味のネギとミョウガをたっぷり加えた醤油漬けのアジをのせて海苔をまぶした上から、これまた熱々のカツオと昆布の一番ダシ

をじんわりとかけていった。みるみるアジの表面の色が白く変わっていく。

「いただきます！」

Mさんは「いざ！」という感じで、憧れのまご茶をすすった。

「どう？」

Mさんは、眼をつぶりながら大きく頷くと、

「う〜ん。これ、これ、これっ！」

満足しきった唸り声で、湘南のまご茶を腹の底から絶賛した。

僕もMさんの至福の表情を見ていたら、もう居ても立っても居られなくなって同じように
して、まご茶を大きく搔きこんだ。

「うまい……。これはうまい！」

その後は僕もMさんも、シンプルだけども確かな力強い味に「うんうん」頷きながら、ま
ご茶をすっかりたいらげてしまうと、満腹の腹を撫でさすったのだった。

これがムカデを殺してから、わずか二時間ばかり後の二人の人間の姿である。

鰺殺し喰ふや殺しし百足虫捨て　裕樹

花なるもの

あれだけ「熱中症にくれぐれも注意」とか「きょうは三十五度以上の猛暑日」とか、テレビやネットニュースで騒ぎ立てていたのに、九月二十日を過ぎてくると、爽涼とした風が開け放った海辺の窓から吹き抜けるようになった。

江ノ島のやや遠のける九月かな　中原道夫

「九月」は秋の季語だが、大気の澄んでくる頃でもある。そうすると、遠くにあるものがさらに少しだけ遠ざかったように見える。視覚的な作用とともに心理的な働きもあるのだろう、九月の淋しさが江ノ島を遥かなものにするのかもしれない。この湘南の片隅からは遠くに伊豆大島が見渡せるが、確かに九月の清澄な大気が島の輪郭を際立てながら、どこかしら遠ざかったようにも見える。猛暑日などと呼ばれていたときは、太陽がまるで絶対王者のように威圧的にぎらぎらしていた。だが、秋も深まってくると、天も空気も澄み渡り自然のバランスが気持ちよく整ってくることに気づかされるのだった。

夕暮れどきに原稿を一本仕上げた僕は、もうだいぶお腹の大きくなったMさんに声をかけて、眼の前に広がる浜辺の散歩に誘った。

お腹に子どもが宿っているので仕方がないと思うのだけれど、Mさんは最近とみに体重を気にしているようである。僕もコロナ太りなどと言われる無様な贅肉を付けたくないので、互いに時間があるときには、ちょっとした散歩を心掛けているのであった。

浜まで下りると、無意識に鼻孔が広がってゆく。潮風の濃い香りに包まれて、Mさんと一緒に深呼吸をする。我が家の窓辺や縁側で吸い込む潮風もいいが、こうやって渚に立っての深呼吸はまた格別なものである。

「この前、綺麗なブルーのシーグラスを見つけたから、きょうも探そうかな」

「うん。あれ、綺麗だったよね」

そのシーグラスを見つけた瞬間、僕は美の引力に突然惹かれて拾い上げると、掌に載せて海光に当ててみたのだった。石も貝殻もシーグラスもそうなのだが、海水に濡れているときの表情と乾いたときの表情では、輝きが全く異なる。それがまたその物の歴史の光影を見せられるようで侘びを感じさせるのだった。どこからやってきて、元はどんなガラスの形をしていて、どのくらいの年月波に揉まれ揉まれて、湘南の片隅の浜辺に辿り着いたのか来歴はわからないが、すっかり角の取れた小さなシーグラスのくぐもった底光りを見つめていると、自分の心根にも淡い光が照り映えていくようだった。

しかしながらきょうは下を向きつつ、ゆっくり歩を進めて、浜を矯《た》めつ眇《すが》めつしながら散策してみたが、シーグラスは一片も見つけることができなかった。

愛石家であるMさんもいい石がないか、見て回っているようだけれど、特にお気に入りのものは見当たらなかったようである。とりあえず二人は砂に埋もれたテトラポッドに腰を落ち着けた。

何気なく周りを見渡していると、僕の眼に飛び込んできたものがあった。ひょろひょろと細長くて不思議なくねりを見せる流木である。手に取ってみた。とても軽く、肌触りがよい。これもどれだけ波間に揉まれてきたのだろう。こんなシンプルな形状になるには、どれだけの時間漂流したのか。

「このかたち、おもしろくない?」

「うん、おもしろいね」

と、Mさんは言いつつ、それほどこの流木に惹かれていないようである。僕は何かに使えると直感した。これはひょっとして活けてみると面白いかもしれないと思いはじめて、持って帰ることにしたのだった。

もと来た浜辺を帰りながら、いつも決まった場所に寝ている茶トラの猫としばらく戯れたあと、少し山側へと道を逸れて、この流木と一緒に活けられる野の草花がないかと探してみた。すると、緑の小さな実をたくさん付けた蔓梅擬《つるうめもどき》の茂る一角が見つかった。花鋏は持っていなかったが、道に突き出た一枝をうまく手折ることができた。

栄もなく林篗る〻つるもどき　篠田悌二郎

蔓梅擬は「つるもどき」とも言って、秋の季語になっている。藪から手折った蔓梅擬もこの句のように特に美しいわけでなく、周辺の荒れ草に紛れて沈んでいたのだった。

僕はひょろ長い流木と虫喰いの葉をつけた蔓梅擬の枝を片手に持ち、もう片方の手は体温の高い妊婦のMさんの手を握りながら、ゆっくり家路を辿っていった。

家に帰ると、早速この二本を活けてみることにした。さて、何に活けようかと考えていたところ、Mさんが「これなんかいいんじゃない」と、ある器を捧げ持った。聞くと、Mさんがむかし荻窪に住んでいた頃、西荻窪の古道具屋「魯山」で買い求めた東南アジアの土器だという。須恵器に漆を塗ったのはその店主である大嶌文彦さんなので、大嶌さんの作品といってもいい。

「これはいいものだね」

僕はMさんが見立ててくれた土器に活けることに決め受筒を入れると、拾ってきたばかりの流木と手折ったばかりの蔓梅擬を活けてみた。するとどうだろう、拾ったときにはただひょろひょろと細長いだけのひ弱な流木に見えたのに、不意に白蛇のような妖美な姿態を現したのだった。妖しく静かに天空へ昇るような自在な枝ぶりを呈した縦の線の流木に対して、横へと這い伸びる蔓梅擬のうねりは見事ともいえる調和を生み、虫喰いの葉さえ枯れた麗しさとでもいうべき枯淡なる光を宿しはじめたのであった。

　この二枝を受け止める土器と、この器を置いた古材の俎板《まないた》も不思議に響き合っている。この年季の入った俎板も、Mさんがむかし鶴岡の古道具屋で買ったものだという。包丁の切り傷が無数に入っている古ぼけた俎板が立派に黒光りして、土器と生花とをしっかり支えているのだった。

「これは今までの最高傑作かもしれない」

「ほんとに。いつまでも見ていられるね」

　二人はこの純朴とも簡素ともいえる流木と蔓梅擬の醸し出す静謐な二物衝撃に文字通り心を奪われた。浜辺に落ちていた誰も見向きもしない流木、荒れた藪のなかで沈んでいた野生の蔓梅擬、一見無価値で無用の長物に見えたこの二つが、東南アジアの土器に活けられた瞬間に、深々と底光りしはじめたのである。それは活けたことで、一気に「見る」対象へと凜と変化した瞬間でもあった。

　花人の川瀬敏郎さんは自著『今様花伝書』のなかでこのように述べている。

「花をいけることがカミをむかえるおこないにひとしく、しかも花材の貴賤をとわない。そうした伝統は利休が野の花にカミの姿をみいだし、敢然と床の間になげいれた瞬間に生れた。

　利休がやったことは、いわゆる自然崇拝ではありません。野にあるままではカミにならない。それは花でさえないのです。切って、器にいれてはじめて、カミなるもの、花なるものは姿をあらわす」

僕たちは、今はじめて川瀬さんのこの言葉にそれぞれ深く頷くことができたと思う。それほど、少し鋏を加えただけの何気なく投げ入れた流木と蔓梅擬の存在に魅せられたのであった。川瀬さんの言葉を借りれば、「カミなるもの、花なるもの」の姿を目の当たりにし、感得したともいえるだろう。これは花屋で買い求めたものでなく、野において自ら花材を見つけ出し、己の手で活けたことによってしか気づけなかった「カミなるもの」であり「花なるもの」であったのである。

いつの間にか窓外では雨が降りはじめていた。流木と蔓梅擬に心を奪われているあいだに日はすっかり落ちた。波音と庭の虫時雨《むししぐれ》の折り重なった音色に耳を傾けながら、その後も僕とMさんは夜更けまで、この生花を見つめつづけた。まるでこの生花の周辺が小さな神域になったようで、しんしんと神聖な気が漂っているようであった。

活けられて神の気宿すつるもどき　裕樹

寒露のあくび

二〇二〇年十月八日、ついに出産の日が訪れた。Mさんの出産はいろいろあって結局帝王切開となったので、生まれる日を選ぶことができた。二人で相談した結果、十月八日の大安、二十四節気でいうと「寒露」を出産日とした。秋の季語でもある「寒露」は、露が寒さで凝って霜になるという意味合いであったり、晩秋から初冬にかけて降りる冷たい露を表した言葉でもあるらしい。

湖深く見えすぎる日の寒露かな　鷲谷七菜子
水底を水の流るる寒露かな　草間時彦

どちらも秋の澄み切った大気を感じる句である。ぴんと張りつめた山気《さんき》のなかで、湖の水が青く澄み渡ってどこまでも「深く見えすぎる」のである。あまりに澄明《ちようめい》な湖の美しさに空恐ろしささえ感じられる。水底の句も「見えすぎる」透明感があり、流れゆく水が階層的に見えるほどの清澄の気が漲っている。

そんな日に第一子が生まれる。いや、どうか無事に生まれてきてくれという思いで、午後産院に向かったのだった。

手術の前に医師から改めて帝王切開の説明を受けた。新型コロナウイルスがまだまだ終息しないなか、三人ともマスクをしている。Mさんは手術時の麻酔を怖がっていたが、時々ユーモアを交えて説明してくれる先生の気遣いが頼もしく、僕は「大丈夫だよ、心配ない」と声を掛けた。説明が終わると、僕とMさんは待機する部屋に向かった。

やがて手術の準備が整うと、点滴を押しながら歩いて分娩室に入ってゆくMさんを見送った。笑顔で手を振るMさんに、僕も笑みを返す。「大丈夫、きっと、大丈夫」、僕はそう胸の中で力強く言い聞かせながら、手術後もMさんが一週間過ごす予定の個室に帰って待機した。赤子が生まれたら、通話ができるナースコールで知らせてくれるという。それまで時間があるので、文庫本でも読んで待とうと思っていたのだけれど、全く読む気になれなかった。心の底のほうがざわざわして落ち着かないのである。しばらくこのざわざわする気持ちを持て余していたが、「そうだ、俳句でも作ろう」と思い立った。こんな状況はめったにない。いまこの心持ちを句にしていこうと、頭を切り替えて俳句モードに無理に持っていった。

爽やかに手を振る妻や分娩室

一句目ができた。点滴を付けたまま分娩室にゆっくりと歩を進めていったMさんの笑顔が蘇ってくる。不安だらけだろうが、そんな気持ちを隠すように、秋の清々しい大気のように爽やかな笑みを浮かべて、Mさんは手を振ってくれた。

扉が閉まり安産祈る寒露かな

分娩室の扉が閉じられた瞬間、Mさんとそのお腹のなかにいる胎児が、急に僕から遠く離れてしまった気がした。あとは無事に生まれることを祈るのみ。きょうは二十四節気の寒露の日、どうか美しい露のような赤子が生まれますように。

独り待つ句を作り待つ秋の雨

今朝はぽつぽつと雨が降っていた。音を立てて降るような雨ではないが、待機している個室の窓の外を時折眺めた。独りじりじりしながら、祈りながらナースコールを待っている。こうやって俳句を詠んでいると、まだ気がまぎれる。だが、ふと集中力が途切れると、また胸の辺りがざわざわしはじめる。

まだかまだか秒針の音冷やかに

ずいぶん待っているような気がする。どうしたのだろうと不安が湧き上がってくる。個室の壁に掛けてある時計の秒針の音が急に大きく響いて聞こえだす。「冷やか」は秋の季語で何かに触れた時に感じる冷気のことだが、秒針の音にまでそれを感じ取ってしまう。

妻よ頑張れ秋灯下にいのち二つ

分娩室の手術台の秋の灯の下で、我が子の誕生の時を心から待ちわびつつ、いまMさんも一生懸命耐え忍んでいる。思わず「妻よ頑張れ」と声を掛けたくなる。まさに「いのち二つ」が、手術台の上にいま存在している。それにしてもいつ連絡が入るのだろう。

この句を作って、しばらくそんな悶々とした思いに囚われていると、突然ナースコールが鳴った。慌てて駆け寄ってボタンを押す。

「堀本さん、無事に生まれました。すぐに下りてきてください」

看護師さんの柔らかい声を耳にして、急に胸の不穏な塊がほどけてゆくと同時に、個室の扉を慌てて開けて小走りに分娩室のある階へと下りていった。すると、助産師さんが、分娩室の近くにある部屋から現れて、抱っこしている赤子を不意に見せてくれた。

僕はその時、なんと言ったか、今ではあまり思い出せない。「わあ!」とか「おう!」とか言って感嘆し、ただ不思議なものを見るように我が子を見つめていたように思う。

タオルに包まれた生まれたばかりの我が子は頬に両手を当てて、憂いを帯びたような表情で、まだ少し濡れている。よくこのパンデミックのたいへんな状況のなか、無事に生まれてきてくれた。よかった、ほんとうによかった……そんな感慨に浸っていたのだろう。

「はい！　写真、写真！」

助産師さんが、あほのようにじっと眺めているだけの僕に写真を撮ることを促してくれた。何枚かスマートフォンで写真を撮り終えると、

「一応、女の子だということをお父さんも確認してくれますか？」

と助産師さんがその部分をちらりと見せてくれた。僕はなんだかハッとして「はい」と頷き、「確かに」ともう一度頷いた。

この子にはまだ名前がない。考えてはいるが、まだ決めかねている。女の子と知らされていたから、候補の名はいくつかある。早く名前で呼んであげたいなと思いながら、やがて保育器に入れられた赤子をガラス越しに眺めつづけた。その近くに掲げられた紙には、二〇二〇年十月八日、十四時五十一分、体重二六八二グラム、身長四十六センチで生まれてきたことがマジックで記されていた。

我が子は保育器のなかで、じっとしていたかと思うと、突然泣き出したりした。小さな胸を波打たせるように力いっぱい泣いている。何をそんなに泣くことがあるのだろうと思うくらい、しばらく泣きじゃくると、おとなしくなって、今度は指をしゃぶりはじめた。

「あれ？　指しゃぶってる？　さてはお腹のなかでもやってたな」

助産師さんが明るい声でそう言って、通り過ぎていった。

そうか、お腹のなかでも指をしゃぶったりしていたのかと僕は妙に感心して、ちゅうちゅう親指の辺りを吸っている様子を見つめた。腕に産毛ではないまあまあ濃い毛が生えていたり、すでに爪があったりすることに一人驚きながら見つめつづけた。

ほどなくして、分娩室から出てくる先生の姿が見えた。

「もうすぐ奥さんも出てきますから安心してください。母子ともに異常なしです。おめでとうございます」

「ありがとうございます」

僕は先生に深く頭を下げた。

先生が去ってからも、僕は分娩室からMさんが出てくるのを待ちながら、保育器のなかでもぞもぞしている我が子を見ていた。すると、不意に口を開けてあくびをしたのである。

「あ、あくびした!」と僕は心で叫んだと同時に、自然に五七五のかたちをとって、一句が生まれた。だがこの句ができてすぐに気づいたことがあった。季語がない……俳人のこの僕が、季語のことなんかすっかり忘れて、早速の親馬鹿ぶりを露見させた無季の句を詠んでしまったのだ。苦笑しながらも僕は、また次のあくびを待ちわびたのだった。


はじめての吾子のあくびやかわいいぞ　裕樹

琴はしづかに

出産を無事に終えたMさんは一週間、産院に入院して養生しながら、新生児を育てるうえで知っておかなければいけない基本的な事柄を学んでいった。ふだん保育器に入れられている赤子だけど、五日目からMさんの部屋にやってきて一緒に過ごす時間を持った。

その日、Mさんと赤子に会いに行った僕は、もうそろそろ赤子に名前を付けてあげなければと思っていた。生まれて二週間以内に役所に出生届を提出しなければいけないこともあるが、早く名前で呼んであげたいし、呼びたい気持ちが胸に湧きあがっていたのだった。

両手をバンザイのように上げて、見ようによっては鉄腕アトムの飛んでいる恰好にも似た様子で、ぎゅっと拳を固めて寝ている赤子を二人で上から覗き込みながら、

「そろそろ名前を付けてあげないとね」

と、Mさんがつぶやいた。

僕と同じ気持ちだったMさんに、

「そうだね。候補はいくつかあるけど、やっぱり〈琴世〉が一番いいように思うな。〈琴

海〉もいいけどね」

「うん、〈琴世〉いいよね。〈琴海〉も捨てがたいんだけどね……」

「たしかに。だけど湘南の海辺に住んでいる子どもには〈海〉の漢字が入った名前が多いような気もするよ。学校に行きだすとわかることだろうけど。そう考えると、〈海〉の字は避けたいね」

「〈琴里〉はどうかな?」

「〈琴里〉も悪くないけど、若いうちは、ことりちゃんってかわいい響きだけど、年を重ねておばあさんになったとき、ちょっとかわいすぎない?」

「やっぱり〈琴世〉かなあ」

「〈琴世〉は安定感あるよね。それに字画もなかなかいいんだよ。この古風な響きも、僕は好きだなあ」

「そうだね、うん……どうしようか?」

こんな話し合いを何度重ねてきただろうか。人からはよく、生まれてきた赤子の顔を見たら、自ずと名前が浮かんできたりするものだなどと言われてきたが、僕たちは生まれる前から〈琴〉の字を入れようという軸はほぼ決まっていたのだった。

それは僕が八木重吉の詩が好きなことに由来する。八木重吉の詩集『貧しき信徒』に収録されている一篇が、我が子が秋に生まれるという予定日を知ってから、僕の頭にそれこそ自ずと浮かび上がってきたのである。

素朴な琴

この明るさのなかへ
ひとつの素朴な琴をおけば
秋の美くしさに耐へかね
琴はしづかに鳴りいだすだらう

一八九八年、東京府南多摩郡堺村（現、東京都町田市相原町）に生まれた八木重吉は、東京高等師範学校英語科を卒業。在学中に受洗、内村鑑三に感化されて敬虔なクリスチャンとなる。イギリスのロマン派の詩人キーツに傾倒した。やさしく純真な言葉を使いながら鋭い人間心理を描写し、キリスト者としての信仰を、詩作を通して生涯貫いた。享年二十九歳。亡くなる前、茅ヶ崎の寓居でキリストを見たようなしぐさを見せたという。

精神的に苦しかった大学時代の僕の心を優しく包み込み、静かに鼓舞してくれたのが八木重吉の詩であった。あの頃は肌身離さず詩集を持ち歩き、苦しくなると、頁を繰って読み耽った。キリスト教信者ではない僕だったが、そのときは八木重吉の詩集が自分にとってバイブルのような存在であった。

そんな僕の苦しい時期に寄り添ってくれた八木重吉の詩が、めでたい事柄の一環である我が子の命名にあたってふと浮かんできたのは不思議といえば不思議であった。

「堀本さんは俳人だから、名前に季語を入れたりするのでしょうね」と知人から言われ、そうしようかと考えていた時期もあったけれど、一度思い浮かんだ秋の植物の季語〈紫苑〉もしくは漢字を一字変えて〈詩苑〉はどうか、なかなか美しい名前だなと閃いたその後に、とんでもないことに気づいたのだった。〈紫苑〉の別称が〈鬼の醜草〉だったのである。〈オニノシコクサ〉……女の子にとってはなんと酷な名前の別称であろう。シコクサだけでも酷いが、そこにさらにオニノと恐ろしい修飾がなされるなんて。これは〈紫苑〉も〈詩苑〉も却下だ。それから季語に拘《こだわ》ることはやめて、八木重吉の詩に由来する〈琴〉の字がついた名前が最有力候補になっていった。しかも「素朴な琴」の季節は秋なのが、秋生まれの命名にぴったりでもあったのだ。

「よし！　決めた〈琴世〉にしよう！」

僕はMさんに向かって決然と言い放った。

「この世の中へ、この子なりの琴の美しい音色を奏でて生きていってほしいという願いを込めて。それに〈琴世〉だったら、画数もそんなに多くないから、テストのときとか、名前を書く場面でも困ることはないよ」

「わかった。うん、琴世ちゃん。いいと思う。琴ちゃんって愛称で呼ばれるのもいいね。決まりましたよ、きょうからあなたは琴世ちゃんですよ」

Mさんが、いま名づけられたばかりの我が子に向かって微笑《ほほえ》んで語りかけた。

相変わらず、鉄腕アトムのポーズを崩さずに、すやすやと眠っている赤子は、自分の一生の名をたった今付けられたことなど、全く意に介さないというように静かな寝息を立てている。

僕はようやく名前が決まったことに喜びを感じるとともに、なんだか大役を果たしたようで、ほっとした。ちなみに僕の〈裕樹〉の名は、サトウハチローの詩から名づけたと両親に聞いていたので、我が子も詩に由来を持つネーミングとなったことにおもしろい連鎖を感じていた。

その後、Mさんは無事に退院して、しばらく彼女の実家に帰ることになった。初めての子育てなので、ご両親にいろいろと協力していただくことになったのだった。

僕は一人湘南の片隅の家に帰った。そして仕事が一段落したときに、Mさんの実家にお邪魔して、琴ちゃんと対面した。Mさんに抱き方やオムツの替え方やお風呂の入れ方などを教わりながら、少しずつ父になったことを実感していった。そうして十月も過ぎ、十一月に入った頃、買い物を終えて一人海辺を歩いているときであった。歩きながら、やっぱり八木重吉の詩はいいよなあと改めて思っていると、「ちょっと待てよ……」と、突然閃くものが胸を走り抜けた。そして思わず「あっ！」と声を出してしまったのだった。

「琴ちゃんは、十月八日生まれやろ。八木重吉って、〈八〉と〈重〉＝〈十〉って語や響きが入ってるわな？　琴ちゃんの生まれた日付が、八木重吉のなかに含まれてるやん！」

僕は急にこの自分の発見に鳥肌が立って、Mさんに慌てて電話して伝えた。それを聞いた

Mさんも「いま、ぞくっとした」と言って、ひとしきり互いに驚き合ってから、電話を切ったのだが、すぐにまたMさんから電話が掛かってきた。

「あのさ、また気づいたんだけど、琴ちゃんが生まれたのは木曜日なんだよ。八木重吉の〈木〉ってすごくない？　しかも大安吉日に生まれたんだよ。〈吉〉の字まで入ってるんだよ、八木重吉の名前に！　琴ちゃんの生まれた日付のほぼすべての要素が、八木重吉に含まれてるって、ほんとすごいよね。何これ？」

興奮しているMさんの声を電話越しに聞きながら、僕もこの不思議な因縁に震えるような思いを抱いた。こんなことなど何一つ考えもせず、僕はただ八木重吉の詩が好きで名づけただけなのだ。それが偶然か必然か、名づけた後からこんな暗号めいたシンクロナイズが発覚するとは思いもしなかった。Mさんとは「信じるか信じないかは、あなたしだいです」と言い合って電話を切ったけれど、僕は勝手に八木重吉と琴世とは、これから何かしら人生においても、シンクロしていく部分があるのではないかと密かに思っている。

さらに付け加えるならば、僕たちは湘南の片隅の町に暮らしているが、八木重吉は湘南地方である茅ヶ崎で亡くなっている。また一九一九年、八木重吉が二十一歳のときに、彼は当時流行していた疫病であるスペイン風邪に罹患している。この新型コロナウイルスの蔓延するるパンデミックの令和に生まれてきた我が子の時代も、詩人の生きた時代に奇妙に符合することに驚きを隠せないのであった。

琴世には遠からず父が書いたこの文章を読むときが訪れるだろうが、そのときいったいこの八木重吉との説明のつきがたい繋がりをどう感じるのであろうか。
いずれにしろ、「信じるか信じないか」は、この子しだいなのである。

やがて琴奏でよ吾子よ神迎　裕樹

クリスマスイブの蜂

きょうは十二月二十四日、クリスマスイブである。Mさんが実家から琴世を連れて、この湘南の片隅の家に帰ってきてから、約一ヶ月が経とうとしていた。琴世が生まれて二ヶ月以上経ったことになる。

その間、僕はおむつ交換ができるようになったり、ミルクを作り飲ませてあげられるようになったり、お風呂に入れられるようになったり、寝かしつけられるようになったりした。最初は、ミルクをあげた後のゲップを出してあげることが、なかなかうまくいかず、その時だけMさんにバトンタッチしてもらうことがあったけれど、今ではそれもできるようになった。琴ちゃんをうまく縦抱きできるようになり、その小さな背中をさすったりトントン軽く叩いてあげたりするコツが分かってきた。

今でもゲップを出せるときと出せないときがあるけれど、「げぼっ」と大人並の大きな音のそれが琴ちゃんの口から出たときは、「でたね！」とか「よしっ！」とか、こちらまで爽快になって喜びの声を上げてしまう。背中をトントン叩かれながら苦しそうな表情をしたり、顔をしかめたり、もぞもぞしたりしていた琴ちゃんも、ゲップがうまく出てくれると、すっきりとした落ち着いた顔つきに戻るのだった。

クリスマスイブの朝、相模湾が見渡せるリビングに、琴世とMさんと僕がいる。琴ちゃんはミルクを飲み終えて、おむつも替えてもらい、機嫌よくベビーバウンサーの上にいる。その小さなゆり椅子に身を預けている彼女は、窓の向こうの海を見ている。たぶん見ているのだと思う。たまに腕を上げたり首を振ったりして、言葉にならない言葉のようなものを一人しゃべったりしている。

ステレオからは、カーメン・マクレエの一九五九年のアルバム『when you're away』が流れている。以前は彼女のアルバムは、夜にしか掛けなかったけれど、最近海を見ながら朝食時に聴くのもいいものだと気づいたのであった。それになぜか、琴世のバックミュージックとして似合っていると思うようになった。もちろんカーメンがエモーショナルに歌い上げてゆくジャズのスタンダードナンバーを彼女が理解するにはまだまだ早すぎる。だが浮世のことなどほとんど知らない零歳の赤子が、人生の酸いも甘いも凝縮されたアルバムに耳を傾けるのもなんだか乙なもので、悪くないのではないかと思ったのである。

たとえば、コール・アルバート・ポーターが作詞・作曲した「Ev'ry Time We Say Goodbye」。恋人との別れをテーマにした曲だが、やがて琴世も物心がつくようになり恋愛を経験した折には、この歌詞の意味も理解できるようになるのであろう。今はまだ彼女は何もわからずに、カーメンの歌声がただ耳に聞こえてくるだけだろうけれど。

ベビーバウンサーに身を預けている琴ちゃんは、小さな社長のような妙な風格もあって、カーメンの歌声をバックにスタイをしたその姿を見ていると、渋いジャズボーカルと赤子の可愛らしさのギャップに、僕とMさんは笑い出しそうになったりもするのだった。

「海を見ながら、カーメン・マクレエを聴く琴ちゃん、渋いねぇ」

「こんな小さな時からジャズを聴いて、海を眼にするって、どんな気持ちなのかな。これが琴ちゃんの原風景になっていくんだね」

僕とMさんはそんなことを話しながら、彼女が見ている十二月の海に眼を遣った。

冬凪をこころ凪ぐまで見てをりぬ　裕樹

湘南の片隅の家に引っ越してきた当初、僕が独りで凪いだ海原を見つめつつ詠んだ一句だが、今こうしてMさんと琴世と一緒に凪ぎ渡ったクリスマスイブの海原を静かに見ていると、家族三人で暮らすことの安らぎを感じるのだった。

窓外の澄んだ大気の向こうの沖合には、伊豆大島が浮かんでいる。海面には冬の日が差して、静謐な波間を煌めかせている。十二月ももうすぐ終わりだというのに日差しはずいぶん眩しくて、ゆっくりと視界に入ってきた漁船が、その光芒のなかを影絵のようによぎってゆく。それはいつか見たことがあると思わせる夢のなかのたゆたう景色のように美しく、漁船の本体ではなくその影をどこまでも追っていきたい誘惑にかられるのだった。

　僕は冬の日に光る相模湾を見ながら、保坂和志さんのエッセイ「鎌倉と私　自然への無条件な信頼」の一節を思い出した。

〈自然というのはすごい力を持っていて、ああでもないこうでもないと難しいことを考えていても、海面にきらきら反射する光を見ると、「結局、俺が知りたかった答えは、この光だったんじゃないか」と、簡単に納得してしまう。だから私にとって自然はもうほとんど無条件な信頼の対象なのだ。〉

　ほんとうにそうだなと思い、僕はこの絶え間なく輝く海原を見つめつづけた。Mさんはどんな気持ちで見つめているのだろう。琴世の汚れない瞳にはどんなふうに海原の煌めきが映っているのだろう。

　そのうち、静かだった琴ちゃんが急にぐずり出した。僕は琴世を毛布でくるんでバウンサーから抱き上げると、リビングの窓を開けて縁側に出た。彼女はきゅっと眼をつむり、眩しそうにしたかと思うと、不意に泣き止んだ。そうして日差しに慣れてきたのか薄目を開けると、冬の空を見上げるように首を左右に動かしたり、眼をきょろきょろさせたりしている。そこへ冬場には珍しい蜜蜂が一匹いきなり飛んできた。いったいどこから飛んできたのだろうか。

「冬の蜂」は季語にもなっており、弱々しい様子が詠まれることが多い。実際飛ぶ力を失った蜂を冬の寒空の下に見かけることがある。僕も何度か、地面をよろよろしながら歩いている蜜蜂を見たことがある。それはほんとうに哀れなものである。

冬蜂の死にどころなく歩きけり　村上鬼城

まさにこの句のような状態で、いったいどこに向かって歩を力なく運んでいるのだろうと案じられる有様であった。飛べる能力を持った生き物が飛べないのはまことに切ないものである。冬の蜂とはそんな哀切極まる姿態のときが多いのに、琴世の顔の近くに突然現れたこの蜜蜂は、なんと元気のよいことだろう。さっと来て、彼女の顔の周りをホバリングしながら、うろちょろしたかと思うと、海からの光に掻き消されるようにたちまち消えてしまった。

琴世にとっては初めての蜜蜂との遭遇であったが、果たして彼女は眼にしたのだろうか。琴ちゃんに蜜蜂を見たのかどうか、また見たならば感想を訊いてみたいところだが、あいにく彼女はまだ話せない。滅多に見ない元気な冬の蜂の飛翔に、僕は幸運の光を見て、海からの照り返しに輝く琴ちゃんのおでこにそっとキスをした。

冬蜂と吾子の額とひかり合ふ　裕樹

ハンドリガード

正月はどうしても食べ過ぎる。故郷から送られてきた餅を雑煮に入れては食べ、あんこの入った餅を焼いては食べ、蟹の水炊きを食べ、すき焼きを食べ、酒をついつい飲みすぎて……ふだんよりも少し贅沢なものを食べては寝る。

ははそはの母にすすむる寝正月　高野素十

「ははそは」は漢字で書くと「柞葉」。「柞」は楢《なら》や櫟《くぬぎ》などの総称である。「ははそはの」は同音の重なりから「母」に掛かる枕詞だ。いつも忙しく働いている母親に対して、「正月くらいゆっくり休んでくださいね」と寝正月を勧めている親思いの句であるが、今年の正月に帰郷しなかった僕は、郷里の母が寝正月だったかどうかはわからない。いつもならば大晦日の前には和歌山に帰るのだけど、新型コロナウイルスが猛威を振るうなか、やむなく帰郷を諦めたのだった。

十八歳のときに上京してからおよそ三十年になるが、必ず年末には帰って両親と正月を迎えていた。なので、今回初めて関東で年越しをしたのである。ほんとうなら琴世を連れてMさんとともに帰郷し、孫を抱かせてあげたかった。残念で仕方がない。両親はせめて故郷の餅をと思い、紀州の蜜柑と一緒に我が家に送ってくれたのだった。やっぱり故郷の餅と蜜柑は格別美味しかった。

気がつけば今日七草ぞ寝正月　清水径子

この句のように「気がつけば」もう一月七日が来ていた。この日に七草粥を食べると、無病息災でいられるという。七草は七種とも書くが、芹、薺《なずな》、御形《ごぎょう》、はこべら、仏の座、すずな、すずしろを入れたのが七草粥である。この句は七日まで寝正月をしていたことになるから、ずいぶんのんびりしたものだ。

我が家は湘南の片隅の田舎なので、念入りに探せば、ひょっとして七草ぜんぶ見つけられるかもしれないが、それもなかなかたいへんなので、スーパーマーケットで売っていた七草粥セットを用いることにした。本来ならば朝にいただくものだろうが、朝食はパンにして、昼に七草粥を食べた。

七草やあらしの底の人の声　麦水

江戸中期の俳人の作だが、七草の節句に嵐が吹き荒れる戸外の人の声を聴いたのだろう。もしくは七草粥を食べながら、その声を耳にしたのかもしれない。どんな声かは書かれていないので、そこを想像してみるのも面白い。七草の節句は「人日《じんじつ》」ともいうから、「人の声」の「人」に掛けているとも考えられる。

江戸時代のとある年の正月七日に嵐の日があったことを重ね合わせて、湘南の片隅の家の窓外の白波をMさんとともに見つめた。令和三年一月七日も、風が強く相模湾の海面は激しく波立っていた。しかしリビングの食卓に座って眺めている分には、波音の荒々しさは伝わってこない。まるで無声映画のように、静かに白波を立てているだけだ。きょうの海原は濃紺で、船は一隻も見当たらなかった。

「ああ、この香り……」

「沁みるね」

「胃にやさしい……」

「七草粥とたくあんがあれば充分だね」

僕とMさんは、そんな会話を交わしながら、七草粥をゆっくりと味わった。

明日でちょうど三ヶ月になる琴世はおとなしくベッドに寝ている。寝ているといっても、この時は眼を開けて、拳を突き上げては揺らしたりしながら、自分のそれをしげしげと珍しそうに見ていた。最初、琴世のこの動作を見たとき、いったい何をしているのだろうと思った。そんなに自分の拳や腕が珍しいのだろうか。

そのことをMさんに訊いてみると、

「自分の体を確かめているみたいだよ。これが自分の手だって認識してるんだって」

と返ってきた。さすがMさんは育児書を真剣に読んでいるだけある。

僕は「なるほど」と思い、じっと拳や腕を見ている琴ちゃんの、どこか不思議そうな、或いは神妙そうな顔つきをあらためて見つめた。そして人間の成長していく過程というのは、面白いものだなと思った。そうか、赤ちゃんはまだ自分の体を自分の体だと、きちんと認識していないのか。成長するに連れて、これが手なんだと体の一部から認識しだすんだな。

「実に面白い」、僕はどこかで聞いたことのあるセリフを胸のなかでつぶやくと、「赤ちゃん 手を見る」でネットでも検索をかけてみた。

そうすると「ハンドリガード」という言葉が出てきた。「Hand-regard」の「regard」とは英語で「〜をじっと見る」という意味で、まさに「手をじっと見る」ことだ。このしぐさは生まれて三ヶ月か四ヶ月ではじめるらしく、琴世もその時期に当たるのだった。ハンドリガードは、赤ちゃんが成長していく過程のワンステップであり、「ものを目で見る力」や「体を動かす力」を認識していく動作であるようだ。たしかに拳を見つめたり、自分で動かしてそれを眼で追ったりしている。大人のように自由に体を動かすことができない赤ちゃんだけど、だんだん自分の力で動かせるんだということに気づいていくようだ。手を凝視したり追視したりすることで、自らの身体感覚を徐々に摑んでいくのである。「これが自分の体なんだな、へぇ、そうか。そうなのか。なんかムニムニしてるなあ。変なものだなあ。実に面白い」、琴ちゃんも内心そう思っているのかもしれない。自分の手なのに、自分の手でないような珍しいものを見ている彼女の表情が、またなんとも可愛らしいのである。

何はともあれ、琴ちゃんは順調に育っているようだ。そしてもう一つ順調に成育していることを示す「実に面白い」エピソードがある。

「そうそう、琴ちゃんさ、さっきおならしたんだけどさ」

Mさんが今にも噴き出しそうな面持ちで言った。

「うん。おなら、よくするよね」

「それが、ちょっと腰を浮かしてしたんだよね。もう笑っちゃったよ」

僕はそれを聞いて大笑いした。

「そりゃ、もう立派な大人だよ」

明日でようやく三ヵ月になろうとする琴世が、早くも腰を浮かして屁をするようになったとは……父親である僕は、妙なところにまで感心して、我が子の放屁のしぐさを感慨深く思うのであった。それにしても琴ちゃんは、たいへんな時代に生まれてきたものだ。きょうの夕方には二度目の緊急事態宣言が発出されるという。東京を中心にした首都圏にコロナ感染者が増えてきたのだ。ぐずり出した琴世を尻目に、僕は吹き荒れる海原を見つめた。

七草や疫病の世に児のおなら　　裕樹

追憶のピアノ

二月十二日の朝、ジャズ・ピアニストのチック・コリアが亡くなったことをネットニュースで知り、思わず「あっ！」と声を出してしまった。そうしてチックのアルバム『return to forever』が無性に聴きたくなって、いつもより音量を上げてリビングに流した。

どこかしら人を不安にさせる、揺れるようなチックのエレクトリック・ピアノの繊細なタッチから静かに始まるこのタイトル曲は、徐々にブラジル出身のボーカル、フローラ・プリムの謎めいた歌声と重なりながら、天の高みへと自由を求めてゆくようなジョー・ファレルのフルートのうねる音色と相まって、みるみる昂ぶりを見せてゆく。やがてスピードが増したピアノと彼女の歌声とが複雑に絡み合い呼応しながら、圧倒的な旋律を保ったまま、幻の海原へと大きく打ち放たれるように展開していくのだった。

僕の生まれる二年前、一九七二年にリリースされたこのアルバムのジャケットには、ターコイズブルーの海が広がっていて、そこを一羽の鷗が翼を広げて飛んでいる。と思ったら、今回改めて調べてみると、この海鳥は鷗ではなく、カツオドリであることがわかった。

カツオドリはペリカン目カツオドリ科で、鷗の種類ではないようだ。チックが亡くなった後で、こんな些細な誤謬に気づくとはと思いながら、窓外の相模湾の上空を飛んでいる鷗を見つめた。

アルバム『return to forever』を手に入れて初めて聴いたのは、僕が故郷のジャズ喫茶に通い詰めているときであった。東京の小さな出版社で営業職に就いていたが、その生活に疲れ果てて、地元の和歌山に帰ってきたその頃である。僕はちょうど就職氷河期に当たり、なかなか思うように職に就けなかった世代であった。だからというわけではないけれど、大学を卒業した僕は、就職もせずにフリーターをしながら食えない小説のようなものをどこに発表するあてもなく、ただ書き散らしていたのだった。

遺跡の発掘や古本屋などのアルバイトをしながら一年近く過ごしたが、生活に追われるばかりで、結局小説は何一つものにならず、中途採用で実用書専門の小さな出版社の営業部に就職した。何の経験もない僕が、あの厳しい時代に正社員になれたことは奇跡に近かったと思うのだが、やがて日々営業かばんを持ち歩いて、書店や取次を廻ることにも疲れてしまい、二年と少し働いたそこを突然辞めて、これまた何のあてもなく故郷の和歌山にふらふらと帰って来てしまったのだった。

しかし東京から故郷に帰ってきたはいいものの、地元の企業はあまり興味の湧かないところばかりで、僕は就職活動もろくにせずに、無職のまま狭い田舎を原付バイクでぐるぐるさまよいながら、行く当てのない日々を送っていた。そんなときにひょんなことから、田舎道沿いにログハウスの店を発見して、恐る恐る入ってみると、そこが思いがけずジャズ喫茶だったのである。

そこのマスターにいろいろジャズのことを教わりながら、僕はどっぷりとその魅力にはまっていった。「return to forever」を初めて聴いたその当時、これもジャズなのだろうかと少し戸惑ったことを覚えている。いわゆるフュージョンといわれるジャンルをこのアルバムで初めて知ったのであった。今まで僕が聴いてきたフォービートのモダンジャズとはあまりにも違っていた。だがジャズかジャズでないかという分類よりも、その音楽が胸に響くか響かないかで耳を傾けたいと思った。

僕は「return to forever」に耳を澄ましながら、フローラ・プリムの絞り出すような叫び声に、いつしか自分の鬱屈を重ねて聴いていた。ラジカセのスピーカーが大音量に耐えきれず、ぶおんぶおんと微妙に震えだすなか、都落ちしてきた無職の僕の胸に、チックのエレクトリック・ピアノとフローラ・プリムの慟哭に近い歌声が何度も突き刺さってきた。当時の僕は、よくこのアルバムを一人で聴いていたが、やがてたくさんのジャズアルバムに触れていくに従って、しだいに忘れ遠ざかっていった。

チック・コリアが亡くなってから、改めてこのアルバムを聴いてみたが、やはり名盤に変わりはなかった。ただ当時、初めて聴いたときの、僕の果てしのない憂鬱がどこか切なく甘い追憶に変わっただけだ。その追憶を、窓外の青海原の上をゆるやかに舞っている鷗がやさしくなぞってゆき、四ヶ月になる我が子に語りかける妻の声と、機嫌よく囁《ささや》くように喃語を口にするようになった琴世の柔らかい気配が包んでいる。

僕が書いた句会を舞台にした小説『桜木杏、俳句はじめてみました』が原作となって先日ドラマ化され、広瀬すずさんの主演でテレビ放送されたけれど、当時無職であった僕がそのことをもし耳にしたら、何と言うだろうか。おそらく信じないだろう。

「あほなこと言うたらあかんで。俺が二百八十枚近い小説を書いて、それがドラマ化されたやて？　そんな夢みたいなこと、あんた、誰か知らんけど、わざわざ俺に言いに来たんか？　バカにするのもええかげんにしてほしわ。俺はこれからバイトなんじゃ。そう、葡萄の路上販売や。なんで、あんた、知ってんのや？　このくそ暑いなか、よしずで作った小屋で、日がな一日入道雲見ながら、汗まみれで、路上で葡萄を売らなあかんのや。どれだけ売ったかで、その日のバイト代が決まるさけな。いまの俺には小説なんて書けやん。どうやって書いたらええかわからんのじゃ。俺も暇人やけど、あんたもしょうもないこと言いに来て、よほどの暇人やな。それより葡萄買いにきてや。ほんまにうまい葡萄やで。ほな」

変装した四十六歳の僕が、タイムスリップして、当時の僕を訪ねていったとしても、そんな感じでたぶん未来から来た僕の言うことなんか、歯牙にもかけないに違いない。

『return to forever』のアルバムの演奏が終わって微かな波音だけが聞こえるリビングに戻った。ふと庭に眼を遣ると、あまり見かけない小鳥が来ている。

「ちょっと、ちょっと。Mさん、来て。変わった鳥が来てるから」

「え、あ。ほんと、あんまり見ない鳥だね」

「一瞬、雀に見えたけど……これかな？」

僕は素早くネットで検索して、Mさんにその画像を見せてみた。

「たぶん、そうなんじゃない」

「だよね。ジョウビタキか。あの色合いはメスだね。かわいいなあ。なんか顔つきが琴ちゃんにちょっと似てるな」

「うん。琴ちゃんって小動物に似がちだよね」

ちなみにジョウビタキは漢字で書くと「尉鶲」。秋の季語に分類されている。

山の学校鶲の好きな木がありぬ　中澤康人

この庭には木が一本も生えていないけれど、何かお目当てがあってやってきたのだろうか。とにかくぴょんぴょんと可愛く跳ねて美しい。でも、電子辞書の『広辞苑』第六版で調べてみると、なんだかひどい呼び名が書いてあった。

「スズメ目ツグミ科の鳥。小形で、スズメぐらい。冬、野原・田・畑などに多く、美しい。黒い翼に大きな白斑があるので俗にモンツキドリともいい、また、人を恐れないのでバカドリ・バカビタキなどと呼ぶ。紋鶲。馬鹿鳥」——ちょっと、このネーミングはひどすぎやしないか。もう少し柔らかい遠回しな呼び方があるだろうに。最近世の中では、いじめを助長するとかで、あだ名を禁止にしたらどうかなんていう議論が出ているけれど、ジョウビタキに対する「バカドリ・バカビタキ」はあまりにかわいそうである。呼び名やあだ名は、その人に親しみを込めて付けるものじゃないか。そんなことを考えながら、きょうはチック・コリア哀悼の意を込めて、一日彼のソロやデュオやトリオなど、持っているアルバムを順に聴いていこうと思った。

庭のジョウビタキは、ちょっと眼を離したすきにいなくなっていた。一九四一年に生まれたチック・コリアは、四歳の頃からピアノを習い出し、七十九歳でこの世を去った。地球には人間だけが意識することのできる時間が、絶え間なく流れつづけているのかもしれないし、はじめからそんなものはないのかもしれない。

僕はジョウビタキがまた庭に来てくれるのを待つでもなく、ふたたび青みの深まってきた早春の鷗の舞う海原に眼を移して、波間に散乱する光の粒の一瞬一瞬の煌めきを眼に焼きつけた。

ピアニスト死すや追憶うららかに　裕樹

ひねもすのたり

零歳の娘と二人きりになってしまった……というと何か誤解を招きそうだが、きょう妻は仕事で久しぶりに都内に出かけていった。

「じゃあ、きょうはお願いね」

「わかった。感染対策しっかりして。久しぶりの東京楽しんできてね」

「うん。琴ちゃん、いい子にしててね。チッチと留守番しててね」

いつの間にか僕は「チッチ」と呼ばれるようになっていた。琴ちゃんはまだ零歳なので喃語しかしゃべらないが、もう少し大きくなったときに、僕のことをなんと呼ばせるかという話をMさんとしたときだった。

「パパでいいんじゃない。呼びやすいし」

「いや、パパはなんかね。お父さんでいいよ」

「お父さんは小さい子には呼びづらいでしょ」

「まあね。父上っていうのも、時代がかってるしなあ」

「あ、じゃあ、チッチでいいじゃん」

「チッチ?」

「呼びやすいし」

「……チッチねぇ~」

僕も特に承諾したわけではないのだけれど、いつの間にか「父」のあいだに小さな「っ」が入って、表記するならばカタカナであろう「チッチ」と呼ばれるようになっていた。

巷ではよく子どもが生まれると、夫婦間でもお互いの名前を呼ばないようになり、「ママ」「パパ」「お母さん」「お父さん」と呼び合うようになる。それはいかがなものか? という議論がある。その議論は大切なことだが、僕は琴ちゃんに対して妻が「チッチが来たよ」とか「チッチにお風呂入れてもらいな」とか言うのはこれといって違和感がない。まあ、それは琴ちゃんに対してのみの「チッチ」であって、お互い呼び合うときは今でもあだ名だからだろうけれど。Mさんから「チッチ」と呼ばれるようになったら、やっぱりそれはちょっと……となるかもしれない。でも、あだ名だとすんなり受け入れられる。

いつだったか、壇蜜さんがテレビか何かで「だらしないあだ名で呼び合うと愛が深まります」というようなことを話していた。壇蜜さんに言われると、妙な説得力がある。でも果してほんとうだろうか。あだ名で呼び合うことで、二人の良好な関係性が続くならば、手間いらずでいい。ちなみに僕とMさんのあいだで交わされる互いのあだ名は、ここではさすがに教えられない。こっぱずかしい。

「こっぱずかしい」と今キーボードで打ってみて、なんだかおもしろい響きの言葉だよなあと『広辞苑』で調べてみると、漢字では「小っ恥ずかしい」で「コハズカシイ」の促音化された言葉であることがわかった。促音とは小さな「っ」の部分の音である。少し息が詰まった言い方になる音節だが、そうすると、「チッチ」は「父」の促音化された言葉だと言っていいのではないか。そうか、なるほど……僕は勝手に腑に落ちた。そのように考えると、「チッチ」になった意味合いもMさんの思いつきのようでありながら、実は音韻論的に自然な流れとして捉えることもできるだろう。「チッチ」か、悪くないかもしれない。

Mさんが出かける間際、すでに琴世はぐずりはじめていた。これはもうきょうは仕事にならないな、とことん琴ちゃんに付き合うか、僕はそんな覚悟でいたのだった。

案の定、Mさんがドアを閉めて行ってしまうと、琴ちゃんがふにゃふにゃ言い出した。早速抱き上げる。赤ちゃんの抱き方もいろいろあることを、子どもを持って知ったが、これはYouTubeで発見したやり方だった。彼女が五ヶ月に入る前から、なぜか今までの横抱きでは機嫌が悪くなり、寝かせるときも泣くようになった。どうしたものか……密かに悩んでいたときに見つけた動画が、保育士さんが実践している抱き方であった。まず自分の太ももの上あたりに赤ちゃんを置いて、その背中を自分の胸に寄りかかるようにする。そして赤ちゃんのお尻の下に両手を添えて、少しM字になるようにその両足を広げるかたちで抱き上げてあげる。そうすると、不思議に泣き止むのだった。

その抱き方をすると、僕と琴ちゃんの見る方向が同じになるのもおもしろい。彼女の目線も外側に向かって開かれるのだ。

「ほら、海だよ。きょうの海は蒼いね」

ぐずりがすっかり止まった琴ちゃんと一緒に窓越しの海を見つめた。

「あそこに釣りしている人がいるね」

僕は突堤に集まって釣りをする人のほうに彼女を向ける。釣り人同士の間隔が、新型コロナウイルスが流行り出して以来、コロナ以前よりもあいているようだった。

「ほら、琴ちゃん、あそこに鳥さんがいっぱいいるね。見えるかな？」

海原では、鷗が何羽も群れて海面近くでホバリングしながら騒いでいるようだった。

「あれは、鳥さんがお魚を食べに来ているんだよ。いっぱい飛んでるね。すごいね」

彼女には見えているのかわからないけれど、そう話しかけると、手足をちょっとバタバタさせて嬉しそうに、「ウイッキー」と声をあげた。正確にはなんと言っているのかわからないが、僕の耳には子猿の鳴き声のような「ウイッキー」と聞こえる。赤ちゃんの言葉を翻訳できる機械があればほしい。ちょっとくらい高くても買ってしまいそうである。

「春の海終日のたり〳〵かな」

のんびりとした凪いだ蒼い海原を二人で見ていると、思わずそうつぶやいていた。

「琴ちゃん、これはね、蕪村という人がむかしに詠んだ俳句だよ。なかなかいいでしょう？春の海終日のたり〳〵かな……」

彼女はじっと海を見ている。と思ったら、蕪村の句を聞いていたのかどうか、南向きの窓際の三月の日差しがふんだんに入ってくるリビングで、なんだか眼をしょぼしょぼさせて眠くなっているようだった。そういえば、この蕪村の句の調べも妙に眠たくなる。「のたりくかな」とは、よく言ったものだ。江戸時代にこんな斬新なオノマトペを俳句に使えるなんてすごい。春の海ののっぺりした波の動きを見事に想像させる普遍性がある。いつの世も春の海ののどかさは、さして変わりはないという証の句でもあろう。

眠たげな琴ちゃんをバウンサーの上にそっと置くと、僕はそろそろと音を立てないようにダイニングテーブルの椅子に座った。これなら少しくらい仕事ができるかもしれないとパソコンを開いた。きょうは彼女を見張りながらの物書きである。

書き下ろしの本の仕事を抱えている僕は、毎日こつこつと進めている。一日に書く原稿枚数を決めて、とにかく少しずつ書き進める。琴ちゃんはバウンサーの上で、遥かな場所にいる誰かを呼ぶような、うねりのある甘ったるい声音で独り言を言いながら、お気に入りのピンクの毛布を咥えたり引っ張ったりしげしげと眺めたりしてしばらく遊んでいた。が、ふいにぴたっと動きが止まると、そのまま寝てしまった。

僕はその寝顔にひとまず安心して微笑むと、「よし、今のうち今のうち……」と、夕方には帰ってくるだろうMさんを待ちつつ、優しくキーボードを叩きはじめたのだった。

物書くや花時の吾子ねむらせて　裕樹

ショータイム

四月某日、きょうの海辺は風が強い。リビングの大きな窓には白浪の立つ海原が広がり、遥か沖にある伊豆大島は霞のなかに隠れている。吹きつける海風に流されながら、鷗が一羽飛んでいる。鷗は風に逆らわない。両翼を水平に伸ばして、何事もないように青空を滑ってゆく。見ていると、僕のこころまで同じように滑空していくようだ。眼に映っている鷗の飛翔が、そのままこころのスクリーンに映写されて、いつしかスクリーンそのものも漂いはじめ、上空へ白々と流されていく。流されて、流されて、やがて鷗は窓枠をはみ出して消えていった。

きょうは、行きつけの日用品を扱うお店の敷地にある竹やぶで筍掘りをさせてくれるというので、散歩がてら行ってみることにしていた。日用品といっても、大量生産されているものではなく、店主の美意識によってセレクトされた「穏やかなるお洒落《しやれ》」とでも言いたい手作りのものが、シックに展示されているので見ているだけで楽しく落ち着いてくる。今まで購入したなかでのお気に入りは、十九世紀のイギリスで生まれた陶芸の技法「モカウェア」

を応用したという平皿だ。白磁に色彩に富んだマーブル模様が淡く施されていてまことに美しい。そこに料理が盛りつけられると、一段と白磁が輝くのである。

筍掘りは、Mさんがそのお店のインスタグラムをフォローしていて見つけた情報であった。

「ねぇ、すごくない？　筍掘らせてくれるんだって。掘りたての筍って美味しいだろうなあ」

「そうなんだ。たしかにあのお店の裏手に竹やぶがあったな。行ってみようか。でも、うちには筍掘りに使う鍬《くわ》がないからなあ」

「それは貸してくれるでしょ」

「そっか。みんな鍬をかついで、お店には行かないか。それも面白い風景だけど」

「私、筍掘ったことないかも」

「俺は小学生の頃から掘ってたよ。実家の裏に竹林があってね。鍬をかついで袋持って、その時期になるとしょっちゅう行ってた。あの頃は、親にもう取ってくるなって言われるくらい、袋いっぱいに収穫してたな。きょうは任せてよ。昔取った杵柄ってやつだ」

と、僕は言いつつも三十数年前に鍛えた腕前は果たして大丈夫なのだろうかと思った。いぶかしむ気持ちもわずかに抱えながら、Mさんともうすぐ生後六ヶ月の琴ちゃんと一緒に家を出たのだった。

Mさんが掛けた抱っこひものなかに収まった琴ちゃんは、白い帽子を被っている。二人で「探偵帽」と呼んでいる、横溝正史の推理小説に登場する金田一耕助が被っているような形の帽子だ。お似合いの帽子を被った琴ちゃんは眼をきょろきょろさせながら、散歩の風景を眺めている。日光がまともに顔に当たると、きゅっと眼をつぶる。

散歩の途中で、新しくできたカフェに立ち寄ってみた。そこの入口付近には、野菜も販売している。すべて近所で収穫された無農薬野菜で、筍掘りの帰りにピックアップすることにして、ブロッコリー、ラディッシュ、クレソンを取り置きにしてもらった。ついでに、ランチのテイクアウトのキーマカレーを二つ注文しておく。これも野菜と一緒に帰りに受け取ることにした。最近、新型コロナウイルスのこともあって、どこのお店でもテイクアウトができるようになっている。お店の味を家で賞味できるのはありがたい。

赤ちゃんがいると、どんなことがあってもこの子に感染させないようにと気を遣うものだ。未知のウイルスの影が常につきまとう暮らしだけれど、その影に覆い尽くされるわけにはいかない。平常心で影を受け止めながら、子どもを守り生活を楽しみたい。

桜はすでに散りはじめている。散りゆく花を三人で惜しみながら（琴ちゃんも惜しんでいるに違いない、たぶん）、小さな山の中腹や麓に植わっている桜を見上げつつ歩く。

花散るやつばらつばらに散る花や　裕樹

古語である「つばらつばらに」は、漢字で書くと「委曲委曲に」。「くわしく。つくづくと。しみじみと」という意味である。この句は「花が散っているなあ。しみじみと散る花だなあ」という単純な内容である。「つばらつばらに」とひらがなで表記することで、散りゆく桜の花片《かへん》が、そこはかとなくそんな音を立てているような気はしないだろうか、などと思って詠んだ句である。

新緑の空気がだんだん色濃くなってきた田舎道をゆっくりと歩き、十五分ほどでお店に到着した。抱っこひもをして揺られていると、たいてい彼女は寝てしまうのだが、きょうはMさんの胸の前でまだ起きていた。

お店の扉は開け放たれていて、店主にご挨拶してから早速、

「先に筍掘りしてもいいですか?」

と、僕は訊ねた。久しぶりの筍掘りに興奮して気が急いているようだ。

「どうぞ、どうぞ。もう何人か掘ってますから。まだ筍は残っていると思いますけど」

「それは早く行かないと」

僕はますます落ち着かなくなって、Mさんを伴って、お店の裏の竹やぶに向かった。

立派な孟宗竹《もうそうちく》の林で、すでに何人かが筍掘りに夢中になっている。ある一組のカップルは、筍のぐるりの土をスコップで掘っていて、これからどうやって掘り上げようかと考えているようだった。僕は内心、あんなにたいへんな掘り方をしなくてもいいのにと思いながら、Mさんと一緒に美味しそうな筍が生えていないか見て回った。土からだいぶ突き出した筍をいくつか見かけたけれど、ここまで大きくなってしまうと味が落ちてしまう。

僕が小学生の頃、父に教えられて掘った筍は、その先っぽが土からちょこんと出てきたも

らだ。

のであった。だから、肉眼では発見しづらいので、竹やぶの地面を足で探りながら歩を進める。そうしていると、靴にこつんと筍の先が不意に当たるのだった。それを鍬一本で丁寧に掘ってゆく。丁寧に掘らないと、筍の柔らかい身の部分をぶった切ってしまうことになるからだ。

そんな小学生の頃の懐かしい筍掘りの思い出を蘇らせながら、具合の良さそうなのを一つ見つけることができた。鍬をお借りして掘りはじめる。スコップも勧められたが、掘り慣れた鍬一本でやることにする。まず筍の周りの掘りやすそうな位置に目星を付けて、態勢を整えると、鍬を振り下ろしていった。

Mさんも琴ちゃんも見つめている。

「チッチが筍掘ってるよ。すごいね」

ここはどうしてもチッチの、もとい、父の威厳を保たなければならない。下手な掘り方はできない。腕の見せ所である。幸い硬い竹の根もなく、筍の片側を順調に掘り進むことができた。やがて紫のイボがぽつぽつと付いた筍の根の部分が見えてくると、そこに鍬を振り下ろして刃を食い込ませ、てこの原理でぐいっと押し上げた。すると、めりっと音を立てた。もう一度同じ部分に鍬を振り下ろし、てこの原理を使うと、さらに筍が浮き上がった。そのとき、僕は「そう、そう、この感触や。土のなかの筍を鍬の刃で持ち上げるこの感触！　ほんまに気持ちええもんやなあ」と、胸のなかで、故郷の紀州弁で懐かしく歓喜したのだった。

「わあ！　これは立派な筍だね！」

掘り立ての筍を手にしたMさんも興奮して声が弾んでいる。琴ちゃんも抱っこひもから身を乗り出すようにして、父の掘り上げた筍を真剣に見つめている。真剣な黒目勝ちの眼が、なんともかわいい。

僕はこのとき、かなりどや顔になっていたはずである。三十数年ぶりの筍掘りは無事に成功を収めたのだ。自分で言うのもなんだが、完璧な掘り方である。無駄がない。昔に杵柄は取っておくもので、まだその腕が古びていないことが妻子の眼の前で証明されたのだった。ふだんはジャムの固い蓋を開けるくらいしか、見せ場がない僕にとって、筍掘りはうってつけのショータイムであった。それから二本目の筍も難なく掘り上げると、ひと仕事終えた気分になった。

筍の一頭二頭とかぞへたき　如月真菜

平たい石の上に置いた二本の掘り上げたばかりの筍は、まさにこの句のような獣の存在感をたたえて横たわっていた。筍の皮が動物の毛皮のようで、今しがた仕留めた獲物といった雰囲気である。

お店に戻って店主にお礼を述べると、Mさんが欲しがっていた陶器の丼と、手作りのカステラを買って帰途についた。歩きながら、袋に入れた筍の重量感が右手に心地よい。

Mさんはきょうの夕食を筍のフルコースにしようと考えている。筍の煮物、焼き筍、筍ご飯……どれも魅力的である。かじったときに鳴る筍の軽快な音が想像される。が、琴ちゃんはまだ食べられない。歯が一本もない。いつの日か、自慢顔で父が掘り上げた筍を、Mさんの料理で食べさせてあげたい。

少年にもどり筍掘りにけり　裕樹

カブの奇跡

五月某日、そのことに最初に気づいたのはMさんであった。

「ねぇ、生えてきたの知ってた？」

「何が？」

「かわいいの、すごく」

「かわいい……えっ？　歯？」

「そう。ほんとにちょっと生えてきたよ」

僕にも少し心当たりがあった。なんとなく琴世の下の前歯の辺りが薄く白い感じになっているなと思ってはいたけれど、まだそれは歯茎だと認識していた。だから、あらためて確かめることもしなかったのだ。でも、琴ちゃんをお風呂に入れるとき、湯船のなかで僕の立てた両膝の上に彼女を乗っけると、たいてい指を鷲摑みにされて噛まれるのだが、近ごろなかなか圧力が強くて痛いなと感じていたのだった。圧力だけでなく、何か以前よりも硬さを感じるなと。

琴ちゃんをお風呂に入れる係は、自分と決まっているので毎日一緒に湯船に浸かる。そのとき、毎回のように僕の指をぎゅっと掴むと、琴ちゃんはまるで骨付きチキンにかぶりつくように容赦なくもぐもぐするのであった。最初の頃は、歯のないつるつるの歯茎で噛まれるので、なんだかくすぐったいようなぬるりとした感触だったが、彼女が成長するにつれ、その行為が力強くなっていった。そしてあるとき、彼女に真剣に指をかじられていると、ちょっと痛いかもしれないと思うようになった。本人はそんなのおかまいなしに、真っ直ぐな眼差しで僕の指を全力でもぐもぐしてくる。

「琴ちゃん、琴ちゃん、ちょっと痛い、痛い。すごいね。すごい力だね」

僕の指を手放してきょとんとしている琴ちゃんを見つめながら微笑むと、彼女もにやっと笑い返してくる。

僕はお風呂での毎回の儀式のようになっている琴ちゃんに指を食べられる光景を思い浮かべつつ、やっぱりあの痛さの原因は歯だったのかと思った。それで僕はMさんの膝に乗っている琴ちゃんに、

「ちょっと見せてね」

と言いながら、くねくねバタバタする彼女の唇をようやく開けてみると、確かに下の前歯二本がちょこんと顔を出している。

「ほんとだ。生えてきてる！　やったね、琴ちゃん！」

僕は喝采した。琴ちゃんも知ってか知らずか、なんだか照れたように笑っている。そして

あの一句を思い出した。

万緑の中や吾子の歯生え初むる　中村草田男

「万緑」は、作者の草田男が初めてこの句で用いたことで、夏の季語として採用され流布していった。この語は中国の文人・王安石の詩「万緑叢中紅一点」に基づいたもので、まさに見渡すかぎりの緑を意味し、草木の匂い立つような生命力あふれる様子をいう。

昭和十四年に詠まれたこの句は、一月に生まれた次女にようやく歯が生えたときの作者の感慨である。万緑という湧き上がる生命力の真っただ中に自分の子をおいて、その小さな口のなかに、さらに小さな歯が生えはじめたことを祝福しているのだ。大きな緑と小さな白の色彩の対比も鮮やかで、万緑と吾子のいのちが見事に響き合っているのである。

僕は五月の真っ青に染まった海原をリビングの窓外に見ながら、この句をやっと実感として味わえるようになったことの歓びを感じた。そうか、自分の子にもついに歯が生えてきたか……草田男のように名句は出てこないけれど、我が子に生えてきた小さな可愛らしい二本の前歯に、成長の象徴を見てしみじみ感じ入ったのだった。

琴ちゃんの成長といえば、離乳食もすでに六ヶ月に入ってからはじめている。今まで母乳とミルクばかりを口にしてきた彼女だが、果たして離乳食をきちんと食べてくれるのだろうかと、Mさんと少し心配していた。そして最初に何を食べさせるかもMさんが離乳食の本を片手に思案しながら、「野菜からいってみよう」ということになった。

近所に新しく無農薬野菜を販売するお店ができたので散歩がてら訪ねると、無農薬のカブを購入した。早速家に持ち帰り、Mさんが生のカブを包丁で切って味見をしてみた。

「甘い！　ちょっと食べてみて」

Mさんに促されて、僕も一切れ食べてみる。

「甘い！　これなら琴ちゃんも喜ぶよ」

カブってこんなに柔らかくて甘いんだというくらい、辛さもえぐみもなく、やさしい風味が口のなかに広がっていった。そのカブを湯がいてあくを取り、Mさんは擂鉢と擂粉木を使って、丁寧にすりつぶしていった。

半透明になった淡雪のようなカブの離乳食を小鉢に入れ、小さなスプーンですくう。琴ちゃんの口元に持っていく。僕の膝の上にいる彼女は、前のめりになって、まじまじとそれを見つめる。

「琴ちゃん、カブさんですよ」

僕が差しだしたスプーンを彼女は躊躇することなく、ぱくりと口に入れた。少量のカブが琴ちゃんの口にはじめて入る。母乳、ミルク、その次にこの世で琴ちゃんが口にしたものは、カブである。記念すべきカブである。

しばらく舌を動かして口をもぐもぐしながら、彼女は嫌がることなく味わっていた。それからやにわに「う〜ん、う〜ん」と言いだしたかと思うと、「おいちぃ〜」とつぶやいたのである。

「ねぇ、いま、おいちぃって言ったよね？」

僕は我が耳を疑ってMさんに訊ねた。

「言った、聞こえたよ！　おいちぃって」

「六ヶ月にして、しゃべるって……おいちぃって……これは奇跡だよ！」

「すごいね、琴ちゃん！　カブさん、ほんとにおいちかったんだね？」

僕らは興奮の坩堝《るつぼ》にいた。この模様はMさんが携帯電話の動画で撮影していたので残っているが、何度見返しても「おいちぃ〜」と言っているように聞こえる。またまた、親馬鹿だねぇ、六ヶ月でしゃべるわけないじゃん、ははは と笑われそうだけど、彼女ははじめて食べたカブを心から美味しそうに口にすると、歓びの表情とともに「おいちぃ〜」と確かにつぶやいた。いや、そのように聞こえただけかもしれないが、でもほんとうにそう言ったように二人の耳にはしっかり響いたのである。

僕とMさんはこの動画をツイッターにアップして全世界に知らしめ、真偽を問おうかどうか、一時本気で考えた。が、結局止めた。これは僕ら二人だけが信じる、琴ちゃんの奇跡として大事にしようと決めたのであった。

歯の見ゆる吾子の笑ひや聖五月　　裕樹

廊下の分かれ道

梅雨曇りの下、地植えしたアナベルが花を咲かせた。アナベルの別称は「アメリカアジサイ」「セイヨウアジサイ」というらしく、ふつうのアジサイに比べると、一つ一つの花が小ぶりで、どこか洒落た雰囲気を漂わせている。やさしい白色の毬が、南風に吹かれてかすかに跳ねている姿が優美である。

黒南風やアナベルの白湧き上がる　裕樹

ふと口をついて、こんな句が出てきた。「黒南風《くろはえ》」とは、梅雨時の雲が垂れ込めた暗い空の下で吹く南風のことである。強い湿りを感じる南風に吹かれながら、己の色である白を凜と保って咲き誇っている。アナベルの揺るがぬ、しかし柔らかさを失わぬ花の白は、ややもするとパンデミックの出口が見えない世に落ち込んでしまいそうになる心をほんのり照らし出してくれる。

実はこのアナベル、長いあいだ水も与えずに鉢植えのままほったらかしにされていた。Mさんはずっと気になっていて植え替えようと言っていたが、僕はなんだかその作業が億劫になっていた。しばらく見放されていたアナベルは乾いた鉢の土に植わっているというより、ただ刺さっているような一見瀕死の状態だった。

花屋で買った頃よりもずいぶん葉も少なくなり枝ばかりになっていたので、僕はもうだめかと諦めていたのだった。しかしMさんは、まだ生きていると言い張った。

「いや、大丈夫だよ。まだ生きてる。地植えしてみよう」

そう強く言うので、とりあえず庭の片隅の土を掘り返して、鉢から移し替えたのだった。毎日水を与えているうちに、枯枝のようになっていたところに、だんだん小さな葉の数を増やしていった。Mさんが言ったように、まだアナベルは生きていたのだ。やがて、小さな緑のつぶつぶを寄せ集めた、花であろうかたまりができてきた。これはもしかしたら今年咲くぞと僕は思った。

「これ、花だよね?」

「そうだよ、きっと」

「あの状態から持ち直したか。すごいね」

「ほらね、生きてたでしょ?」

「まったく」

アナベルの生命力を信じたMさんの勝利であった。僕はそこにもの深いいのちの力を感じずにはいられなかった。一見死にかけていた状態であっても、このアナベルのように根がしっかりしていれば、いのちを吹き返すことができる。これは人間にも通ずることだ。確固たる己の根があれば、たとえ今は生気がない状態で精彩に欠けているように見えても、再びその根を見つめ直して滋養を注ぎ込んでいけば、復活することができる。

僕も人生のなかで、何度挫折して枯れたことだろう。何度乾き切る寸前の状態に陥ったことだろう。だがそのたびに、諦めずに自分に水を与えた。もしくは人に水を与えてもらった。なぜか枯れ切る前に水を与えてくれる人が現れて、僕を生き返らせてくれたのだった。そうすると、まだ根腐れしていなかった志にむくむくとふたたび生気が溢れてきたのであった。

僕は見捨てようとしたアナベルに頭を下げた。アナベルはMさんの「まだ生きている」という信念に救われ、いま四つも毬状の白花を咲かせて海風に可憐に揺れている。

そうして梅雨入りして庭が活気づいてきた時期、もうすぐ九ヶ月を迎えようとする我が娘の動きも俄然活発になってきた。

「なんで、徘徊赤ちゃんになっちゃったの?」

Mさんが疲れ切った表情で琴ちゃんに声をかけた。

ここ最近おとなしく朝まで寝てくれていた琴ちゃんであったが、夜中に眼を覚まして徘徊するようになったのだ。

「なんでだろうね……暑いのかな」

夏に入って湿気が増し暑くなってきたので眼が覚めてしまうのか、近頃とみに「ずりばい」が激しくなってきた。

「ずりばい」とはMさんに教えてもらった赤子の成長過程の用語である。調べてみると、赤ちゃんがハイハイする前段階で見せる行動らしい。琴世の場合、左腕を折り曲げて前方に突き出し、右手を少し立てて左腕の動きを補助するようにしながら、全身を使ってぐいぐい前に進む。要するに匍匐《ほふく》前進である。これが見事なまでの匍匐前進で、どこの軍隊で訓練を積んできたのかと思うくらい、フォームが美しく整っている。音もほとんど立てない。敵にも気づかれない。僕らも気づきづらい。リビングで放っておくと、いつの間にか音もたてずに床を這ってきてキッチンまでやって来たりする。そして這いながら、気になったものは片っぱしから手を伸ばして触れたり齧りついたりしてゆくのだった。

「さすが、俳人の子だよ」

Mさんは「徘徊赤ちゃん」に成り果てた琴ちゃんの様子にあきれ返ったように、僕のほうを恨めし気に見てそうつぶやいた。

俳句はそのむかし俳諧と呼ばれ、俳人ではなく俳諧師であった。徘徊と俳諧、Mさんはうまく掛けたつもりだろうが、琴ちゃんが徘徊しはじめたことを、俳諧を生業とする僕のせいにされてはたまったものではない。

とにかくそんな徘徊を頻繁にするようになった彼女に、二人とも頭を悩ませているときであった。

書斎を閉め切って仕事に集中していた僕は、いきなりそのドアがどんどんどんと強くノックされたことにびっくりして後ろを振り向くと、血相を変えたMさんが入ってきて、泣いている琴世を抱き締めていた。

「どうした?」

僕は何事かあった二人を見つめた。

「もう、ほんとに危なかったよ! 琴ちゃん、私の部屋にいたんだよ」

「えっ!」

「それが琴ちゃんの声がしたからさ、慌てて二階に上がったの。そしたら、寝室のドアが開いてて、私の部屋で声がするから覗いてみたら、琴ちゃんがいたんだよ! ほんとに、階段のほうに行かなくてよかった、ほんとによかった……」

僕は椅子から立ち上がってその話を聞きながら、全身の血の気が引いていった。

琴世は二階の寝室に寝ていた。二階だから当然階段がある。きょうのように昼寝をしているときも、今までならば彼女が起きると泣き声が聞こえて、二人のどちらかが気づくのだった。しかし、今回は違った。泣き声も立てずに寝ぼけたように起き出すと、琴ちゃんは徘徊して少し開いていた寝室の扉から掛け布団を引きずりながら、廊下にさ迷い出たのである。

廊下に出ると、すぐ左手に階段、右手にMさんの部屋、真っ直ぐいくと僕の書斎がある。目覚めてふらふらと寝室を出た彼女は、廊下に這い出てくると、階段のほうを選ばずに、なぜかMさんの部屋に進路を取り忍び込んでいった。琴ちゃんは音も立てずにずりばいしていったのだ。もしも階段へと匍匐前進していたら……頭から真っ逆さまに転げ落ちていただろう。

大怪我は間違いない。いのちがなかったかもしれない。

だが、琴ちゃんは助かったのだ。零歳にして最大のピンチを眼の前にして、人生の分かれ道に立った。そして生きるほうの道を選んだのである。Mさんは「よくママの部屋に入ってくれたね……」と言って、琴ちゃんを強く抱き締めた。彼女もやっと落ち着いたのか、少し笑顔を見せてくれた。

「柵だ。階段に柵をつけよう」

僕とMさんは頷き合った。二人はちょうどこの階段が危ないから柵をつけないといけないと話し合っていたのだった。しかしまだそんなに強い危機感はなかった。今回の「ずりばい危機一髪」を経験して、あらためて琴ちゃんの行動にもっと気を配らなければいけないと反省し誓ったのだった。

「でも、琴ちゃん、なんで私の部屋に入っていったんだろう……」

Mさんは琴ちゃんのいのちが助かったことに思念を凝らしているようだった。そうして次の日、琴ちゃんが階段のほうへ行かずに自分の部屋に入っていった結論として、Mさんはこう話してくれた。

「私の部屋にロザリオが飾ってあるでしょ？　きっとマリア様が救ってくれたんだよ。琴ちゃんを導いてくれたんだよ。そうとしか思えない」

「そうかもしれないね」

僕は敬虔な心持ちになって静かに頷いた。

僕も僕なりに、なぜ琴ちゃんは階段の死のほうへ向かわずに、Mさんの部屋の生のほうを選んだのかを考えた。もちろん彼女はただMさんの部屋のほうに好奇心が動いて、偶然入っていったという考え方もできるだろう。しかしそれだけの理由で済ますわけにはいかない厳粛な心持ちになっていた。

そして僕は、不意に思い至った。そういえばMさんの部屋は、Mさんの香りがすると。あのとき、Mさんの部屋のドアが開いていたことも、琴ちゃんがそこに入っていける条件として奇跡的に整っていたのだ。その部屋からかすかに漂うMさんの、母親の香りを嗅ぎあてて、彼女はずりばいしながら入っていったのではないかと思ったのだった。

事の真相はわからない。しかしながら琴世は、何かに導かれるようにして、まだ生きる道を授けられたのだ。琴世がこれから成長し長い人生において、死んでしまいたいような何かつらいことや苦しいことがあったとき、この零歳のときの二階の廊下での、いのちの分かれ道のことを思い出してほしい。いや、彼女にはこの分かれ道の記憶はないだろうから、この文章を読んで、零歳のとき最大の危機を乗り越えたことを噛み締めてほしい。

生きるとは果てしなく不思議であり、もの深いことだと零歳の娘に教えてもらった気がした、真昼の出来事であった。

別れ路のかがやく方へてんと虫　裕樹

草むしるべし

梅雨が明けて、海の色が真っ直ぐな青になった。この湘南の片隅にある家からは、波打ち際から遥かな沖合まで海原を一望できるが、伊豆大島の浮かぶ辺りまで、濁りないブルーが胸のすくような広がりを見せている。

梅雨明けぬ猫が先づ木に駈け登る　相生垣瓜人

猫も梅雨明けを感じ取っているのか。嬉しさのあまり木に駈け登っていったというのである。木の幹に爪をがしがしひっかけて、ぐんぐん登ってゆく姿が眼に浮かぶ。登った先の枝に落ち着いた猫は、いったい何を見つめるのだろう。雲一つない梅雨明けの空を眺めて、二つの瞳をひたすら青に染めるのだろうか。アーシュラ・K・ル＝グウィンの童話『空飛び猫』（村上春樹訳）に出てくる子猫の四兄弟ならば、そのまま大空へ向かって飛び立ってゆきそうな青空である。

そういえば、ここに引っ越してくる前に何度かこの地域を訪れて海辺の暮らしに憧れたものだが、オーシャンビューのレストランに入ったときのことだった。レストランには芝生の庭があってヤシの木が生えていたのだけれど、どこからともなく猫が現れた。そしてヤシの木に近づいていったかと思うと、やおらそれに飛びつくと、登り始めたのである。

何気なく庭を見ていたので、僕は突然の成り行きに眼を丸くした。呆然としているうちに、猫はヤシの木をするすると登っていったのである。それを見たとき、やはり海辺の猫は違うなと妙に感心したのだった。だって、海辺の猫はヤシの木を平気で登ってゆくのだから。

白南風やきりきり鷗落ちゆけり　角川源義

梅雨明けして風も変わった。黒南風から白南風《しらはえ》になり、湿り切った空気から晴れやかな大気へと移り変わった。鷗たちも気持ちよさそうに翼をのびのびと広げて、相模湾の潮風を楽しんでいるようだ。

この句では海面へと落ちてゆく鷗が描かれている。白南風の「白」と鷗の「白」とが鋭く響き合いながら、どこか緊迫した光景である。「きりきり」に鷗の落ちゆくスピードとギリシャ神話のイカロスが落下してゆくような哀切や緊張感が漂っている。

梅雨が明けて海の表情が変わったが、我が家の庭に眼を向けると、ここもすっかり様変わりしていた。草がぼうぼうなのである。

梅雨のあいだ、一度も草取をせずにほったらかしていたら、せっかく植えたハーブやイチジクの木やハイビスカスやオリーブやレモンの木の周りに、いつの間にか雑草がはびこっていた。このまま放っておくと、雑草の生命力にぜんぶ覆い尽くされてしまう。いや、雑草はすごいものだ、抜かなきゃ抜かなきゃとMさんと庭を見るたびに言い合っていたのだが、億劫な気持ちが先に立っていた。

「きょうは、草抜くからね！」

Mさんが高らかに宣言した。

「……抜くの？」

「抜くよ。ものの十分で終わるよ」

「十分？　そんなの終わるわけないじゃん」

僕は異議を申し立てたが、Mさんはやるんだと言い張った。

しかし、まあこのまま草取をしないでいると、庭がとんでもないことになってしまうのは明らかであった。「しょうがない、やるか」と、僕は重い腰を上げたのだった。

幸い琴ちゃんがうまい具合に寝てくれたので、二人は互いに軍手を嵌め帽子を被って庭に出た。日差しが強い。海風が心地よいのがまだ救いである。Mさんはハーブを固めて植えてある一角を担当し、僕は庭全体の草を引いていった。草をむしっているうちに、汗が噴き出してくる。だが、抜き出すと無心になるものだ。頭で考えるよりも先に手が草に向かって伸びてゆく。引いては伸び、引いては伸びして手は、ひたすら草を抜いてゆく。

草引くにかまけ文芸遠くせる　三輪温子

「草引」「草取」「草むしり」は夏の季語である。まさに草を抜いていると、文芸なんて遥か遠いものになってしまう。草を引いているときに、俳句など浮かんでこない。もし浮かんできたとしたら、眼の前の草引きに集中していない証拠だ。そんなことすら考えられないほど草抜きには集中力を要するし、いつの間にか没頭させられる反復の魔力がある。どんどん抜いてやるんだという不思議な高揚感に包まれてゆくのだった。

ハイビスカスの周りの草を引き終えて、ふとその花を見ると、子どものカマキリというよりももう少し育った青年のそれが止まっていた。ハイビスカスの赤とカマキリの緑とが組み合わさって鮮烈に美しい。思わず手を伸ばして捕まえる。そして顔を真っ赤にして草むしりをしているMさんのそばに行って、

「ほら、カマキリがいたよ」

と、彼女のほうに手を突き出した。

すると、Mさんは突然顔を歪めて立ち上がると、呪文のように「ムリムリムリムリムリ」とつぶやきながら、僕から素早く離れていった。

「ほら、でもカマキリが……」

「いいから、いいから。もうほんとに、ムリムリ」

横浜生まれで都会っ子のMさんは虫が苦手なようだ。それはカマキリを捕まえた僕から猛スピードで逃げていった態度でわかる。もちろん、彼女はきっと怖がるだろうなと知っていて僕もやっているのだ、能天気な小学生のように。

そんな虫嫌いのMさんなのに、ときどき自分の知らない虫に遭遇すると、「これは何なの？」と僕に訊いてきたりする。

「ねぇ、この白い虫。何これ？」

この日もよくわからない虫を発見したらしく、僕に訊いてきた。どうやらその虫は怖くないらしく、彼女は逃げない。僕は小学生の頃、虫博士になりたいと思っていたくらいだから、たいていの名前はわかるのだが、Mさんの発見した白くて跳ねるものの正体は見当もつかなかった。

「見たことないなあ、何だろうね」

「新種かな？」

「いや、どうかな。あとで調べてみよう」

それからも草を引きつづけた。汗だくになって、もう体力の電池が切れるという頃、

「そろそろ、終わろうか」

と、汗まみれのMさんが終了を告げた。

家に入って時計を見ると、一時間近く経っていた。

「都会から来た嫁っこはよぉ、ものの十分で終わるって言うだども、バカこくでねぇ。草抜

き、バカにしてからに。重労働だべさ、草抜くってのはよ。汗はかくし腰は疲れるし、時間たっぷりかかっぺよ」

僕はでたらめな東北弁でMさんを皮肉った。Mさんは「はあ、暑い、暑い」と言いながら、軽くいなしている。

地の底が足を引っぱる田草取　美柑みつはる

「田草取」という季語もあるが、農家にとっては重労働である。僕らがやった庭の草取とはわけが違うのだ。田植えをして土用が過ぎる頃まで、田んぼに生えてきた雑草を抜くのである。一番草、二番草、三番草と三回まで抜かなければならない。今では除草剤を用いるところが多いのでその手間は省けるようだが、薬剤に頼らない農家には、この田草取は欠かせない労働なのである。

すっきりした庭を眺めながら、二人で冷えた炭酸水を飲んで労をねぎらい合った。琴ちゃんもそろそろ起き出してくるだろう。

僕が、先ほどMさんが見つけた白い虫をネットで検索してみると、これだと思える画像が出てきた。Mさんに見せると、「これ、これ」と頷いている。

どうやら「ハゴロモ」というカメムシ目の昆虫の幼虫らしい。ハゴロモの幼虫は、植物にくっついて、腹部の先端から白い糸のようなものを分泌するようだ。それがあの白の正体であった。世の中にはまだまだ知らない虫がいるものだなと、僕はその小さな虫に地球の大きさを感じたのだった。

小さな島国・日本では、やれ新型コロナウイルスの変異株が猛威を振るい出しただの、やれ東京オリンピックはやるべきだ、やらぬべきだだのと連日騒ぎ立てているが、それはあくまで人間世界のことである。そんなことなどおかまいなしに、夏になると雑草は生い茂り、カマキリは成長し、ハゴロモの幼虫は草叢《くさむら》でぴょんぴょん跳ね回っている。人間世界のことは彼らの眼中にはない。ただひそやかに力強く彼らは生きているだけだ。

人の世は忘ずべし草むしるべし　裕樹

蜩の子守唄

疫病の蔓延がいっこうに収まらないせいでどうにも気づまりな状況が続いている。

テレビではオリンピックを放送しているが、いまいち観る気がしない。今までのオリンピックならば、どこか祭を見るようなわくわくした心持ちで選手の頑張りに声援を送っていたが、自国開催にもかかわらずそうはならないのである。それはどこかにオリンピック開催に疑念を持っているからだろう。選手には罪はない。オリンピックを主導する組織の、開催国の民衆の不安や心配を半ば無視するかたちで、強硬的な姿勢を貫いている厚顔が腑に落ちないのである。「安心安全」や「復興五輪」やら、この国の指導者の言葉だけが上滑りしながら、物事は顧みられることなく突き進んでいく。皮肉にもそれと足並みを揃えるように、新型コロナウイルスはますます増長していくのだった。

そんな世間の流れのなかで、湘南の片隅の町に暮らしている僕たち親子三人は、相も変わらず自粛的な暮らしを続けている。が、ほんとうにもう気づまりになってきた。

「きょう、湯河原にでも一泊しようか」

僕はかねて行きたいと思っていた宿が湯河原にあったので、思い切ってMさんに提案してみた。

「え？　きょう？」

「そう、きょう。さっきネットで調べてみたら空いてる部屋があったよ。どう？」

Mさんは突然の提案に戸惑っているようだったが、僕はもう行く気になっていたので早速電話をして当日の予約を取ってしまった。

「予約したから。三時にチェックインだから、そろそろ支度しないと」

「え？　もう取っちゃったの？」

当惑顔のMさんをよそに、僕はいそいそと旅支度をはじめた。といっても一泊二日である。持っていく本を選ぶのに少し時間がかかっただけで、さっさと荷物を作ってしまった。

琴世にとっては生まれて初めての一泊旅行である。Mさんの戸惑いは、琴ちゃんが環境の違う場所で果たして泣かずに過ごせるのかといったところだろう。コロナ感染にも気をつけないといけないが、湯河原はここから意外に近くて三十分くらいで着く。部屋も内湯のある静かな離れを取った。きちんと感染対策をしていれば大丈夫だろう。これだけ毎日自粛生活をしているのだ。せめて琴ちゃんとの夏休みの旅の思い出を一つは作りたい。

Mさんもだんだん旅に行く気持ちに切り替えていったようで、あれこれ準備をしはじめた。琴ちゃんが宿で不自由しないよう、いろいろと整えてくれている。そうして僕たちは三人ともカンカン帽を被って、久しぶりに自宅を後にし、湯河原へ向かったのだった。

いいタイミングでやって来た踊り子号に小田原駅から乗り換えると、湯河原駅まで十分あまりで着いてしまった。あっという間だったが、がらがらの車内で、琴ちゃんは車窓に流れる景色を嬉しそうに声を立てて見つめていた。零歳だからまだ言葉は出ないけれど、なんだか彼女も気持ちが弾んでいるようだ。

湯河原駅からはタクシーに乗って、宿に向かった。いわゆる奥湯河原と呼ばれている方面とはまた違った山の中にどんどん向かっていく。こんなところに宿があるのかしらと思えるような山路を進んだ先に、不意にこぢんまりとした家屋が現れた。大きな麻の暖簾の前に、マスクをした宿の人が待っており、カンカン帽の僕らを出迎えてくれた。

体温を測られた三人はともに平熱で、両手をアルコール消毒してから離れの部屋に案内される。白檀の香りが廊下に行き渡っていて気持ちが清らかに落ち着いてゆく。やがて辿り着いた部屋は、上品な山家《やまが》の一室といった雰囲気でまことに清浄であった。気持ちのいい畳の間が広がっている。

床の間には掛け軸がかかっていた。二匹の熊蜂が飛んでいるだけの、あとは余白の広がる墨絵であった。宿の人に訊くと、竹内栖鳳《せいほう》が描いたという。「東の大観、西の栖鳳」と称された京都画壇の大家の筆によるものであった。その二匹の熊蜂の羽ばたきが、よけいにこの部屋の静けさを際立てているようであった。宿の人が部屋から出ていくと、畳に降ろした琴ちゃんが早速這いはじめた。

「ふん、ふん、ふん」と荒い鼻息のような掛け声を出しながら、畳を縦横無尽に這い回る。

立派な食卓の天板を両手で掴んで、生えはじめた歯で齧りはじめたので、「これはダメッ！」と、慌てて引き離したりもした。ちなみに我が家の木製の食卓も、琴ちゃんにがりがりやられて、まるでビーバーに齧られた跡のようにコーティングが剝げてしまっている。そんな彼女の楽しそうな様子を見られただけでも、ここに来てよかったと思った。

そのうち存分に這い回って疲れたのだろう。布団の上でこてりと寝てしまった。山中なので、蜩《ひぐらし》の声がすぐそばで聞こえる。かなかなかなという透き通った鳴き声が、ちょうど子守唄になったようだ。実にぐっすり眠っている。

「琴ちゃん、こんなに落ち着いて寝てくれるとは思ってなかったよ。環境が変わって泣いちゃうかと思ったけど。この蜩の声を聴いてると気持ちよくて寝ちゃうよね」

「そうだね。ふだん海見て暮らしてるけど、やっぱり山もいいもんだね。ああ、ほんとに蜩の声が綺麗だね……琴ちゃんじゃなくっても、うとうとしちゃうよ」

透明な柔らかい温泉に浸かった僕とMさんは、さらにうとうとしながら、夕方の蜩の鳴き声に心身を預けるようにして、しばらくベッドに横たわったのだった。

やがて少し遅めにお願いしておいた夕食が運ばれてきた。この宿は料理旅館でもあるので、僕とMさんは楽しみにしていたのだ。

僕らはビールで乾杯してから先付の毛蟹、伊豆寒天、陸蓮根《おか》、蓮根、旨酢餡に箸をつけた。頷きながら眼をつむる。品数をこうして書くと雑多なように思えるが、これらが少量ずつ見事に調和されたかたちで、上品にガラスの小皿に盛られている。

「これは、美味しいね」

「この宿で正解」

その後の料理は以下の通り。八寸は雲丹トマト胡瓜酢、太刀魚小袖寿司、酢取茗荷、川海老つや煮、枝豆、蛸唐揚げ、鱧子ゼリー寄せ。殊に川海老は僕にとって懐かしい味わいであった。子どもの頃、熊野川で捕った川海老を食べた思い出が蘇ってきたのだ。お椀は鰻、白芋茎《ずいき》、隠元、生姜のうす葛仕立て。ふわふわの鰻の白焼きが、葛のとろみに包まれて絶品であった。お造りはイサキ、クエ、タイ。クエの刺身は初めて食べたが、身が引き締まっていて、伊豆大島の青唐辛子の醤油で食べると甘さが引き立って滋味である。焼き物は鮎の炭火焼きで、小ぶりのそれをMさんと二人で黙々と頭からかぶりついた。鮎好きのMさんの表情全体が崩れて目尻が垂れ下がり、無言で狂喜しているのが伝わってきた。それからお凌ぎ、炊き合せ、強肴《しいざかな》、御飯、水菓子、甘味とどれも文句のつけようのない品が続き、八月の夜の懐石の贅は尽くされたのであった。

Mさんは食べながら、琴ちゃんにも離乳食を与えてくれた。途中で出てきた豆腐を彼女にも食べさせると、さぞ美味しかったのだろう、がっつくようにそれをさらに求めた。

今は豆腐くらいしか琴ちゃんとはこの懐石を分かち合えないけれど、いつか彼女が成長した折に、一緒にフルコースを味わえたら幸せだと思う。そのときには、すでにパンデミックの世も終わっており、マスクや消毒を頻繁にしていた当時の世界が笑い話になっていることを願うのだった。

こうして僕ら三人は自粛生活を少しのあいだだけ抜け出して、山の静寂に包まれながら湯河原のひと時を過ごした。

一泊二日の旅を終えて帰ってきた次の日の朝。突然、琴ちゃんにある変化が訪れた。

「マンマ、マンマ」

「ねぇ？　いま、マンマって言わなかった？」

Mさんが驚きの声を上げた。

確かに琴ちゃんはそう言った。と、僕も思っていたら、ふたたび彼女は「マンマ、マンマ」と舌足らずにつぶやきながら、眼を丸くしているMさんの膝にすり寄っていった。

「琴ちゃん、すごいね！」

Mさんは涙ぐみながら、近寄ってくる彼女を抱き締めた。不意を突かれた僕の眼もなんだか曇りだしている。

「マンマ、マンマ……」

今度は僕のほうを見て、琴ちゃんがそうつぶやいた。

「あれ？　そっちはチッチだよ……」

Mさんは少しがっかりしたようだった。が、このくらいの歳の子は一般的にまだ母と父を見分けて「マンマ」と言うのではないようである。どちらも「マンマ」なのだ。

その日、琴ちゃんはソファーに両手をついて這い上がるようにもなった。どうやら湯河原の旅が、彼女に思わぬ刺激を与えたようだ。蜩のやさしい囁きが、こんなに琴ちゃんを急成長させるとは思ってもみなかった。子どもにも大人にも、やはり旅は必要なのだ。

かなかなや深眠りする吾子の息　裕樹

たいしたことはありゃあせん

きょうはコロナワクチン接種一回目の日で朝から少し緊張している。副反応に関するさまざまな情報が飛び交うなか、自分の体はいったいどんなふうに変化するのだろうかと不安がよぎる。いわゆる反ワクチンを標榜する本も一応は読んでみた。その内容に説得力があれば、接種を考え直してもいいと思ったからだ。だが、そこに書かれていた情報はしっかりしたソースが示されておらず、怪しげな言説が飛び交い、やたら不安を煽る文句ばかりが躍っていた。何よりも文章が駄目なものは、信用できない。

僕は物書きなのでよけいに、書かれた文章の気息《きそく》からその書き手の態度や姿勢を少なからず見通すことができると思っている。そういう僕の感覚的な部分から眺めても、反ワクチンを過剰に訴える文章は受け付けることができなかった。これはあくまで人それぞれ持っている感覚があるので、そういった言説を受け入れる人もなかにはいるだろう。それは個々の判断であり認識の仕方なので、僕がどうこういえる問題ではない。

たしかにコロナワクチンには不安な要素も含まれているであろう。体質的に打てない人もいる。だから、打つか打たないかは個人の判断に委ねられているのである。

僕も悩みに悩んだ末に、打つことに決めたのだった。その決め手になったのは、実はワクチンを打つと重症化が防げるなどの一般的に挙げられるいくつかのメリットではなくて、町のワクチン相談室に疑問に思っていることを訊いてみようと電話した折に、

「ところで、この電話でワクチン接種の予約なんてできないですよね？」

と、僕はついでといった感じでたずねてみたのだ。するとあっさり「できますよ」と返されたのである。

「え？　こんなにスムーズに電話がつながって、しかも簡単に予約できるもんなんですか？」

そう重ねて訊いてみると、「はい、朝のうちはたくさんお電話いただきましたが、いまは落ち着いています。いつにしましょうか？　どこかかかりつけ医はございますか？」。

そんな感じでとんとん拍子に接種の予定が決まってしまったのである。

田舎町なので人口が少ないのも予約が殺到しない理由なのかもしれないが、ここの自治体はなかなか優秀なのかもしれないとも思った。まだ悩んでいた僕は、まあ一応予約だけでも入れておこうかという気持ちになった。そんなふうにあまりにもスムーズに接種の予約ができたのが、実際ワクチンを打つ決意につながっていったのである。予約を先に終えてから、その日に向けて思い悩みながらも、気持ちを整えていったといってもいいかもしれない。

まさかパンデミックの世になって、そのワクチンを打つか打たないかで悩む日がくるなんて、思いもよらなかった。人生にはいつなんどき、どんな悩み事が降りかかってくるかわか

らないものである。

十一時三十分に近所の医院に予約を入れていたので、琴世を抱っこしたMさんに見送られながら玄関を出た。

「ワクチン打ち終わったらメールしてね。あ、帰りにトマト買ってきてね」

Mさんの笑顔に送り出されて僕は自転車に乗ると、海風を背に受けつつ、ゆっくりペダルを漕いでいった。快晴である。全き秋晴れだ。

天と地と大秋晴を讃へ合ひ　高田風人子

この句のように天も地も、大きな秋晴れを讃え合って輝いている。海原も秋の日差しにどこまでも遠く煌めいている。あらゆる生命が静かに悠々と息づいているようだ。

「なにがどうなろうと、たいしたことはありゃあせん」―、僕は胸の中で宮本輝氏の父上の名言を思い出してつぶやいた。この言葉は宮本輝氏の大長編小説『流転の海』に出てくる台詞であるが、思い悩んだり苦境に立たされたりしたときにいつも自分を鼓舞してくれる。ほんとうに今までのいろんな人生の場面を振り返ってみても、結局たいしたことではなかったのだ。杞憂に支配され、恐怖心が先に立ってむやみに恐れただけだったのだ。「なにがどうなろうと、たいしたことはありゃあせん」

ほどなく医院に着くと、待合室で順番がくるのを待った。すでにワクチンを打ち終わった一人の女性が、もしものアナフィラキシーショックに備えて待機しているようだった。看護師が時々声をかける。もう一人、僕と同じくらいの年齢の男性が医院に入ってきた。

やがて、僕の番が来たので診察室の扉を開けた。かかりつけ医を持っていなかった僕は、近所の医院で打つことになったのだが、信頼できそうな白髪の年配のドクターが問診してくれた。今までにアナフィラキシーを起こしたことがあるか、喘息を患ったことがあるかと訊かれたので、歯医者の鎮痛剤で一度軽い蕁麻疹が出たことと、今は治っているが小児喘息を患っていた時期があることを告げた。

「わかりました。おそらく大丈夫だと思いますが、念のため三十分、打ち終わった後、待機してください。何かあったら、看護師に知らせてください。では、打ちますよ」

僕は頷くと、利き手でない左腕をドクターのほうに向けて、Tシャツの袖をまくり上げた。意外に腕の高い位置に打つのだなと思った。

「緊張しますね」

ぼそりと僕がつぶやくと、「ふだんあまり注射なんかしないですもんね。はい、肩の力を抜いてください」。

僕は全身の力を抜くように心がけた。でも、どこかリラックスしきれずに神経が張りつめている。「チクッ」と肉を貫く痛みがあったものの、一瞬で接種は完了した。

「はやっ！」

僕は思わず声を上げていた。

「はい、終わりました。きょうは運動はひかえてください。お風呂は構いませんが、注射の痕はこすらないでくださいね」

「ありがとうございました」、僕はドクターに頭を下げると、一瞬で済んでしまったワクチン接種に拍子抜けしつつも、いやこれから何か副反応があるかもしれないと気を引き締めた。

待合室で待機しながら、Mさんに「打ち終わった！ いま病院で様子見。一応、三十分います」とメールを送った。Mさんから「お疲れ様！ 気をつけて帰ってね」と返信。そのあいだに、なんだか血の気の引いてゆく感覚がじわじわ襲ってきた。鼓動も少し落ち着かない。なんだ、これは……何かくるのか副反応かと思いつつ、大丈夫、落ち着け、落ち着けと胸の中で繰り返した。ここは病院だから大丈夫だ、何かあったらすぐに対処してくれるから大丈夫……そんなふうに血圧が下がっていくような反応にしばらく見舞われながら、それをなんとかやり過ごそうと、医院の備え付けのテレビに映し出されている菅首相退任のニュースをぼんやり見つめていた。その後に流れ出したパラリンピックの中継を見ていると、ようやくだんだん回復してきた。「なにがどうなろうと、たいしたことはありゃあせん。よし、もう大丈夫だ」と気を取り直した。

接種後のこの反応が気になったので、後ほど調べてみると、どうやら「血管迷走神経反射」という症状らしいことがわかった。ワクチン接種に対する緊張や強い痛みをきっかけにして立ちくらみを起こしたり、血の気が引いたりして、時には気を失うらしい。誰にでも起こる体の反応のようで、通常横になって休めば自然に回復するという。僕はそんな知識がなかったので、これはもしや重大なアナフィラキシーショックにつながるのでは……と待合室で不安に襲われたのだった。

やがて三十分が経ち、立ち上がって歩けそうだったので受付に声をかけてから医院を出た。秋の空が高く眩しい。リュックに入れてあったペットボトルの水をごくごく飲んだ。本当か嘘か知らないが、接種前後に水を飲むといいという情報を眼にしていたので、とりあえず飲んでおくことにした。

帰りにMさんに頼まれていたトマトを買い、ついでに美味しそうだったツルムラサキを買った。手作りのパウンドケーキも買った。なんだかお腹がすごくすいている。医院を出たのは、十二時三十分近くだから無理もないかとその時は思ったのだが、それだけじゃないことがわかった。その後もやたらとお腹がすくのである。副反応は接種した腕の痛みくらいで、熱も出なかったのだが、異常な空腹に見舞われた。こんなことってあるのかなと疑問に思いながら、ツイッターで検索してみると、同じような反応が起こっている人がけっこういたのである。ネットではそれを副反応ではなく、「腹反応」と呼ぶらしい。誰がつけたか知らないが、うまいこと名づけたものだ。まさに言葉通りで食べてもすぐに空腹になって、何か食べたくなるのだ。

僕はその日の夕飯はご飯を三杯たいらげた。そして夜十時に寝ると、五時に眼を覚まして、一人でご飯、納豆、味噌汁、らっきょうを食べて二度寝した。八時に目覚めると、Mさんと琴ちゃんと一緒に二度目の朝ご飯をわしわし食べた。今度はパンとバナナ入りヨーグルトと明日葉茶《あしたば》である。

「ねぇ、なんかすぐにお腹が減るんだけど、これって腹反応っていうらしいね。ツイッターで検索したら、猛烈に食べてる人が何人もつぶやいてたよ。自分だけじゃないから、ちょっと安心したんだけど。大盛りのラーメンやら餃子やらチャーハンやらレバニラ炒めやらをテーブルに並べて写真にアップしてる人もいたなあ。腹反応がつらくて早退したとか。なんだろうね、この食欲旺盛っぷりは？」

「へぇ、そんなこともあるんだね。ほんとになんだろうね……まあ、でもそれくらいですんでよかったんじゃない」

数日後にワクチン接種を控えているMさんは笑って言った。

Mさんもいろいろ悩んだ末、接種を決めたので不安があるに違いない。お互いに重大な副反応が出ないことを祈るばかりである。

もうすぐ一歳になる琴ちゃんのためにも、パンデミックの世の中を生き残り、元気に子育てをしなければいけない。琴ちゃんを守るという大事な使命が僕らにはあるのだ。僕はそんなことを考えながら、何か食べるものがないかなあと、またもや台所へ足を運んだ。

接種後の空腹つのる秋思かな　裕樹

ジャズピアノ

コロナワクチンの二回目の接種も無事に終えて淡々と日常を過ごしている。といっても二回目の接種のときは、一回目に起こった血管迷走神経反射が怖かったので、ドクターに前回のことを伝えて、打ち終わったあと、すぐにベッドに横にならせてもらった。幸い理解のある優しいドクターと看護師さんのおかげで、二回目は血の気が引くこともなかった。

副反応は次の日に、三十七度程度の微熱とだるさがあったくらいだった。が、ただ一回目と同様、接種後二、三日は、少し歩くと息切れがした。一週間くらいは少し運動すると、息が苦しくなる状態であった。日常生活にそんなに支障はなかったけれど、これは軽い心筋炎を起こしているんだろうなと自己診断を下していた。モデルナの副反応として、特に若い人には心筋炎がまれにあるということは聞いていた。しかし、僕が打ったファイザー製のワクチンにも副反応の一種として心筋炎はあるのかもしれない。一週間くらい過ぎると、距離の長い散歩も無理なくできるようになった。

そんなワクチン接種という非日常を経験しながら、Mさんも無事に二回のワクチン接種を終えて、我が家は日常に戻っている。

琴世もようやく一歳を迎えた。ようやくと書いたが、ここまで長かったのか短かったのか、そのときによって感慨はいろいろと湧くものである。Mさんのご両親も、琴世の誕生日のお祝いに駆けつけてくれた。Mさんはリビングの壁に、いろんな動物の絵をあしらった〈HAPPY　BIRTHDAY〉の飾りつけをして、誕生日の雰囲気を盛り上げた。猿やペンギンやフラミンゴやコアラや熊の絵を見て、琴ちゃんは声を上げて喜んだ。

Mさんのお母さんが手配してくれた懐石のフルコースが詰まったような立派なお弁当をみんなで味わいつつ、琴ちゃんはMさんが作った豆腐ハンバーグをすごい勢いで食べていた。とにかくMさん手製の豆腐ハンバーグが大好きなのだ。琴ちゃんにハンバーグをちぎって、手渡しすると、すぐさま口に放りこんであっという間に飲みこんでしまうのである。

テレビで大食いのタレントが「カレーライスは飲みもの」と言っていたけれど、彼女にとっては「豆腐ハンバーグは飲みもの」なのであった。ちぎっては手渡し、ちぎっては手渡ししていると、豆腐ハンバーグはすぐになくなった。そして、たいてい琴ちゃんは騒ぎ出す。ひどいときは泣き叫びながら、「もっと豆腐ハンバーグが食べたいよ！」と激しく主張するのだった。

Mさんはそれを見越していて、多めに作ってある。完食した彼女が騒ぎはじめると、「はいはい、まだあるからね」と言って、いそいそとお代わりを持ってくるのであった。

「琴ちゃんは、ほんとによく食べるわね」

お母さんが感心してつぶやいた。

僕もMさんも食いしん坊なので、きっと二人の血を受けついだのだろう。世の中にはなかなか食べてくれない赤ちゃんもいるというから、その心配をしなくてすむのはよかった。一歳になって気持ちのいい食べっぷりを見せてくれる琴世は、着実に成長している。コロナの時代に生まれた彼女は、苦難を乗り越えてゆく生命力がどこかに備わっているのかもしれない。

誕生日のランチを食べたあと、琴ちゃんは一升餅を背負った。これもMさんのご両親が和菓子屋さんに頼んで持ってきてくれた。

約二キロある大きな餅には「琴世」「寿」と朱で書かれてある。それを風呂敷に包んで、琴ちゃんに背負わせるのだ。「一生食べ物に困りませんように」とか「一生健康でありますように」とかの意味合いがあるという。彼女はわけもわからず、風呂敷包みにされた重たい餅を背負わされると、いつもとなんだか違うのだろう、ちょっと不安げな顔つきになって這い這いしはじめた。と思うと、ぐらりとよろけて横に傾いてしまった。小さな背中にいきなり二キロ近くある重い餅を背負わされたのだから当然である。琴ちゃんはもう泣きべそをかいている。

「はいはい、よくがんばったねぇ。もうこれで充分よ。これで一生食べ物には困らないからねぇ」

お母さんやMさんが、琴ちゃんに明るく声をかけた。彼女の背中から一升餅をはずしてあげると、やっと身軽になったという和らいだ表情になった。

そのあいだ、お父さんはカメラのシャッターをたくさん切り、僕はビデオでその様子を撮影していた。そういえば、僕の父は八ミリで、僕や妹の幼い頃を記録してくれていたなと思い出した。何度か見たことがあるけれど、音声のない八ミリの映像もよいものである。カタカタと古めかしい音を立てる映写機から映し出された、徒競走をしている僕や、川遊びしている小学生の僕や小さな妹や若い母の姿を見ていると、あたたかい懐かしさに包まれた。まるでタイムスリップしたような心持ちになるものである。そんな時代が確かにあったのだ。

時は巡り、やがて僕は父となって、今は撮る側になっている。琴世の一挙手一投足、愛おしい表情を見逃さないように、ビデオを片手にファインダーを覗きこんでいる。僕はこんなところにも、父になったという感慨が潜んでいるのだなあとしみじみと思った。

その後、琴ちゃんは多くのプレゼントをもらって、わあわあと喜んでいた。僕らからはトイピアノをプレゼントした。これはMさんの発案である。琴ちゃんの満一歳のプレゼントを何にしようかと、Mさんは考えた末、トイピアノに行きついたようだった。僕も賛成した。

トイピアノにもグランドピアノとアップライトピアノがあって、これもどちらにしようか迷ったが、琴ちゃんはけっこう物を摑んで強く引っ張ったりするので、グランドピアノの蓋はないほうがいいのではないかという結論になった。よって、アップライトピアノをプレゼントした。箱から出して設置すると、早速琴ちゃんは小さな掌を乗せて弾きはじめた。弾きはじめたといっても、鍵盤をむやみに叩くだけである。それでも自ら進んで音を出してくれたことに、僕らは嬉しくなった。

「琴ちゃん、前衛的な弾き方だね。ジャズだね、ジャズ！　まるで山下洋輔みたいじゃん」

僕が琴世に声をかけると、まんざらでもないといった澄ました顔で振り返り、また掌を鍵盤に叩きつけた。

トイピアノとはいうけれど、しっかりとした音色が響きわたる。これが彼女が初めて弾いたピアノの音であった。不協和音だが、力強い。一歳の全体重を鍵盤に預けるような、琴ちゃんの生命力がその音色に漲っているようでもあった。

「プレゼント、ピアノでよかったね」

Mさんが母親の眼で琴世を見つめていた。

一歳がたたくピアノや菊日和　裕樹

小っちゃい顔

「今しかないよ」、それが合言葉であった。

なぜか今、日本各地の新型コロナウイルスの感染者数が減っている。あれだけ猛威を振るい、医療崩壊まで起こして、やむなく数多くの人を自宅療養へと追い込んだウイルスが鳴りを潜めている。ワクチンの効果が出はじめたと誰しもいうけれど、実際のところこの急激な感染者数減の要因は、専門家すら理論的に説明できていない。この不思議ともいえる沈静化した状況が続くうちに、僕と妻のMさんは、和歌山に住む僕の父母のもとに琴世を連れていって逢わせてあげたいと思った。

琴ちゃんが生まれた二〇二〇年十月八日からまだ一度も、僕の父母は孫と直接対面はしていない。写真や動画やオンラインで琴ちゃんの姿を見ただけだ。コロナ感染拡大によって神奈川と和歌山との距離が大きな溝になっていた。ほんとうならば、とっくの昔に帰省して孫を抱かせてあげられていたはずだが、いくつも県境を越えていかなければいけない和歌山への帰省は感染のリスクを伴うために、僕らは躊躇し続けていたのだ。しかしついにルビコン川を渡るときが来たのである。僕とMさんは思い切って実行の計画を立てた。「年末年始は帰省ラッシュになるだろう。そのタイミングで和歌山に帰るのはさすがに危ないような気がするし、混雑するなか、一歳の琴ちゃんが耐えられるか不安だから、十二月の平日に帰省しよう。今しかないよ！」

そう二人で決断すると、僕はまず両親にそのことを伝えた。電話で父に帰省する旨を伝えると、最初は心配そうに聞いていたが、なんとか受け入れてくれた。和歌山の田舎に住んでいると、神奈川から人が来ること、イコール、コロナを運んでくるという恐れがあるようだ。孫にはすごく逢いたいけれど、躊躇してしまう。その考えはよくわかるが、僕もMさんもワクチンは打っているし、父母も打っている。多少の感染リスクを伴うことはわかっているけれど、恐れてばかりではずっと逢えない状況のままだ。

琴ちゃんがまだ歩かず這い這いをしている、今だけのかわいさがあるこの時期に、父母に逢わせてあげたい。そんな思いで僕は、実家に泊まらずに和歌山のホテルに宿泊するからと、父を半ば説得するかたちで帰省の了解を得たのだった。

僕は早速宿泊先と往復の切符を押さえた。二泊三日の平日の帰省である。泊まるところは琴ちゃんの這い這いに備えて、畳がある旅館にした。洋式のホテルだと、靴のままで歩く絨毯に彼女を這い這いさせるのはためらわれる。畳だと心置きなく自由に這わせられる。そんな畳の和室である条件を第一に考えると、実家からは少し距離があるが、和歌山市の海側にある雑賀崎《さいかざき》の旅館という選択になった。雑賀崎は和歌山市の観光地であり、戦国時代は雑賀孫市を頭領とする雑賀党の本拠地であったとされる場所だ。「日本のアマルフィ」とも呼ばれているらしいが、切り立った丘陵に集落がへばりつく漁村である。海が見える角部屋を運よく予約できた。

神奈川から和歌山までは新幹線に乗って行くことにした。新幹線は琴ちゃんのことを考えて、おむつがすぐに替えられるように多目的室が近くにある車両であると同時に、ベビーカーが近くに置ける席を確保した。窓口の若い駅員さんがその条件に見合う指定席を、タッチパネルの素早い操作を繰り返しながら一生懸命探してくれた。

宿泊先と往復の切符を押さえるだけでも、すべて子どもを中心に物事を考えて進めなければいけない。この初めての琴世を連れた大移動ともいえる帰省によって、改めて「僕らには幼い子どもがいるんだ」という否応なしの自覚が感じられてきたのであった。

さて、出発当日。僕ら三人は新横浜駅から新幹線のぞみに乗り込んだ。三人並びの席である。新大阪駅まで約二時間の琴ちゃんを連れた旅がはじまったのである。

僕とMさんとが一番懸念していたのが、車内で琴ちゃんが泣き叫ぶ状況であった。彼女は眠くなったりお腹がすいたりすると、手が付けられないくらい機嫌を悪くすることがある。抱いてあやしても静まらないときがある。そうなったらどうしよう……もちろん乗り越えるしかないのだが、二人はその最悪の状況を不安とともに思い描いていた。が、予想は良いほうに外れた。彼女の機嫌がいい。見慣れない新幹線の車内を珍しそうに見渡しては、何かのポスターに写っている犬を指さして「あ、あっ」と嬉しそうに声を出している。

琴ちゃんは犬が好きなのだ。ポスターに犬が写っていてよかったと思う。子どもを持つと変なところに安堵するものだ。それから車窓の外を見はじめた。猛スピードで過ぎ去る景色を彼女は乗り出さんばかりに見つめている。

「琴ちゃん、すごいね。速いね」

そんなことを言いながら、マスク姿のMさんと僕はお互い目顔で、「よし、よし、いいぞ。順調だぞ」という無言の言葉を交わし合う。

やがて車窓を見るのにも飽きたらしい。もぞもぞしはじめた。騒ぎはじめる微かな前兆がある。すかさず、おもちゃを琴ちゃんに手渡す。このおもちゃは、彼女にとっては初見である。帰省のために新しいおもちゃを買っておいたのだ。新しいおもちゃには食いつきがよく、しばらく夢中で遊んでくれる。琴ちゃんが騒ぎはじめたら手遅れなので、その前におもちゃに登場してもらった。Mさんの膝の上に乗っている琴ちゃんは、カラフルな押しボタンがいっぱい付いたおもちゃに集中している。「よし、いいぞ」と思う。

「気に入ったみたいだね」

「うん、よかった。もうすぐ名古屋だね」

僕とMさんは胸をなでおろす。そのうち、おもちゃにも飽きて、あくびしたり眼をこすりはじめたりしたかと思うと、Mさんの胸の中で彼女は寝てしまった。僕たちは、大きく頷く。

「大騒ぎせずに寝てくれた！」という安堵を含んだ喜びの頷き合いである。

三十分ばかり眠ってまた起きた琴ちゃんは、結局京都駅辺りで少しぐずっただけで、新幹線では、僕らが拍子抜けするくらいにおとなしかった。

　新大阪駅のホームに降りると、僕は琴ちゃんに声をかけた。

「琴ちゃん、初めての関西上陸！　よくがんばったね、えらい！」

「ほんとによくがんばったね！　琴ちゃん、おりこうさんだったね！」

　Mさんの胸に抱かれた琴ちゃんもこの旅がよほど嬉しいのか、手足をばたばたさせて笑顔がはじけている。ベビーカーやら手荷物やらを抱え込んだ僕らは、新大阪駅から和歌山駅まで向かう、特急くろしおに無事に乗り換えた。くろしおの車内でも、彼女はおりこうさんで、ランチの離乳食をMさんの介添えでわしわし食べた。琴ちゃんはふだんからよく食べるので、車内での旺盛な食欲に僕らはまた安心したのだった。

　やがて電車は紀の川を越えて、しばらくすると「次は和歌山、和歌山に止まります」の車内アナウンスが流れてきた。僕は大きなため息を吐き出した。Mさんと眼を合わせて、ふたたび頷き合う。神奈川から和歌山までの約四時間半の移動を終えて、やっと僕の父母の待つ和歌山に何事もなく到着しようとしている。

　電車の扉が開いて和歌山駅に降り立った瞬間、僕とMさんは嬉しさが込み上げてきた。

「ヤッター！　着いた！　和歌山に着いたよ、琴ちゃん！　よくがんばったね！」

　なんという達成感だろう。僕とMさんだけの移動ならば、こんな感慨は湧いてこなかったに違いない。この小さな琴ちゃんを連れてこその達成感である。彼女も和歌山に着いたことがわかっているのか、なんだか興奮している。笑いながら手足を激しくばたつかせている。

僕も二年ぶりの故郷に帰って来た。和歌山の空気や方言が懐かしい。僕らは浮き浮きした足取りで、大荷物を抱えて改札を出ると、タクシーに乗り込んだ。旅館にチェックインする前に父母の待つ実家に向かう。十分ばかり走ると、十二月の枯れた田んぼの風景が広がってきた。見慣れた小山が見えてくると、ようやく実家に到着したのだった。

「ただいま」

玄関を開けると、久しぶりの母の顔が出てきた。しばらくぶりだが、元気そうだ。

「よう来たね～。あら、琴ちゃん！　わあ、かわいいよ。やっと、逢えたね。Mさんもよう来たね、疲れたやろ。荷物そこに置いて、あがってよ。わあ、ほんまかわいらしよ～」

Mさんも久しぶりの母と挨拶を交わしながら、僕の実家に迎え入れられた。父も元気そうで「よう来たな。おい、琴ちゃん！」と声をかけた。すると、人見知りしたのだろう、琴ちゃんが急に泣きだした。父もなんだか困った顔をしている。

「あれよ、はじめてでびっくりしたなあ。でも、ほんまにかわいらしな。写真で見るのと、ぜんぜんちゃうわ……かわいいわ」

母が泣きべそをかいている本物の琴ちゃんをしげしげと見つめながら嬉しそうに言った。

「そら、写真とは違うやろな……」

僕は今まで写真や動画だけでしか琴ちゃんを見たことのない父母の、本物の生身の琴世にやっと出逢えた気持ちを考えると、胸が詰まりそうになった。

「琴ちゃん、ようがんばって来たね。ほら、じいじとばあばやで。もう泣かんでええで」

僕がそう言っても、琴ちゃんは慣れない環境にまだ泣きやまない。

「そやけど、顔小っちゃいなあ」

母が感心したようにつぶやいた。

「そやろ。顔、小っちゃいやろ」

まるでかわいらしい珍獣を見るような、母の胸の底から出てくるらしい素直な感慨に、僕は笑った。父もMさんも笑っている。

この情景に出逢えただけでも、僕は和歌山に帰省できてよかったと思った。

「コロナで分断された絆」と、よくテレビや記事で言われるけれど、ほんとうに家族のつながりが断ち切られていたのだなと、孫と父母との対面を眼の前にして強く思ったのだった。コロナは全く厄介な、いやらしいウイルスである。そして同時に家族の絆の大切さを改めて教えてくれた疫病でもあった。

泣きやまない琴ちゃんに大好物のバナナを切ってあげると、手を伸ばして食べはじめた。やっと笑顔を見せてくれる。そして僕の妹の四人家族ももうすぐ駆けつけてくるはずだ。

さあ、琴世を囲んで賑やかになるぞ。バナナを食べている彼女の頬を僕はつんつんとつついて、これから始まる団らんの時間を思い描いた。

孫を見る父母の慈顔や実千両　　裕樹

ヤイヤイロード

まん延防止等重点措置が解除されたが、だからといってオミクロン株の猛威が鎮まったわけでもなく、だらだらとパンデミックが続いている。このだらだらとした、でもすぐ隣に感染の機会が潜んでいる状況が、もはや日常となってしまった。

僕も相変わらずテレワークが続いている。俳人のテレワークってどんなもの？　とイメージしづらい人が多いかもしれないが、一番は句会をZoomで行っていることだろう。句会は人が寄り集まって開催するものなので、どうしても密になりがちだ。選んだ句に対してコメントもするので、マスクをしていたとしても飛沫が気になる。

僕が主宰する俳句結社「蒼海」の定例句会では、毎月五十人から六十人の会員が、コロナが流行る前には集まっていた。環境としては、ちょっとしたライブ会場といったところだろう。その対面句会（この言葉はコロナの感染拡大のなかで生まれた。パンデミックでない頃は、句会は対面で行うのが当たり前だったので、こんな言葉は必要なかったのだ。リアル句会と言ったりもする）を、この状況で復活させるのは、なかなか勇気がいる。会員のなかにはお年寄りも多いので、よけいに気を遣う。だから僕にとってはテレワークである、オンライン句会での指導を今もって継続中なのであった。

テレワークになると、必然的に家族と過ごす時間も増える。でも家にいるばかりでは、体はなまってしまうし、気分が鬱々としてくる。だから、家族で散歩をするのが楽しみの一つになる。琴世も歩けるようになってから、散歩の時間が好きになったようだ。でも、歩けるようになったといっても、まだよちよち歩きなので、玄関から靴を履いて散歩というわけにはいかない。そんなことをすると、百メートル歩くのにも時間がかかって、なかなか前に進めない。なので散歩のスタートは、琴ちゃんをベビーカーに乗せて出発する。

家の玄関を出ると、すぐに海の見える小道の坂を下るのだが、そのときに琴ちゃんはベビーカーから身を乗り出して、「ワァア！」と海のほうを指差して叫ぶ。明らかに気分が上がっている。それが毎回そうなのだ。

僕もMさんも、すでに海は見飽きているくらいなので、綺麗だなとは思うけれど、琴ちゃんのように歓声を上げるほどの感動は湧いてこない。でも、琴ちゃんは、毎回「ワァア！」と指差して叫ぶ。その反応を無邪気と、ひと言で片づけてもいいかもしれないけれど、それ以上の、またそれとは違った大切な心の動きなのではないかと思ったりするのであった。

やがて小道を過ぎると、駅へと向かう一本の道に出る。しばらく進んでゆくと、

「ワァア！」

また、琴ちゃんが指差して叫んだ。

道沿いの家の庭に、ミモザの木が黄色の花房をたくさんつけて、光を放ちながらもこもこと盛り上がっている。それを指差した琴ちゃんが、ベビーカーから見上げているのだ。このミモザの花へも、通るたびに声を上げる。飽きることなく、彼女は眼を見張る。

沸き立つといふ咲きぶりの花ミモザ　大橋敦子

まさにこの句のような咲き方で、琴ちゃんも叫びたくなるような、不思議な輝きを感じ取っているのだろう。彼女はまだきちんとした言葉を発せないので、「ワァア！」のひと言に感動が集約されているのだ。

今度は少し先のほうから、リードにつながれた犬が迫ってくる。あれはプードルだ。

「琴ちゃん、ワンワンさんだよ」

Mさんが、少し先の散歩の犬を指差す。琴ちゃんが身を乗り出す。そしてプードルと琴ちゃんが急接近して、すれ違うとき、

「ヤイヤイヤイヤイ！」

突然、琴ちゃんが犬を指差して声を上げる。

「ヤイヤイさんだね。かわいいね」

僕も琴ちゃんのいきなりの感情の高ぶりに合わせて、そう声を掛けるのだった。

なぜか犬を眼にすると、琴ちゃんは「ヤイヤイヤイ！」と叫ぶ。僕もMさんも「犬」

もしくは「ワンワン」と、琴ちゃんに教えているのに「ヤイヤイ」と彼女は言う。これはどういうことなのか？　「ヤイヤイ」の言葉の出どころを知りたいのだが、考えても謎なのである。単に「ワンワン」と言えずに、「ヤイヤイ」になっているのだろうか。

この道は犬を散歩する人が多いので、僕は勝手に「ヤイヤイロード」と名づけている。今度は柴犬がやってきた。例のごとく、

「ヤイヤイヤイヤイ！」

柴犬を指差して琴ちゃんが叫ぶ。けっこう大きな声を出すので、リードを持った飼い主がびっくりするときもある。飼い主によって、琴ちゃんの「ヤイヤイヤイヤイ！」への反応が違う。無視する人もいれば、にっこり笑って通り過ぎたり、「かわいいね」と琴ちゃんのことを褒めてくれたりする人もいる。いろんな犬がいて、いろんな飼い主がいる。そんなヤイヤイロードでのささやかな出会いでも、彼女にはいつも新鮮な邂逅となっているのだろう。

「ワァア！」

また、琴ちゃんが叫んだ。今度は木蓮である。紫木蓮と白木蓮が庭に咲き誇っている。

声あげむばかりに揺れて白木蓮　西嶋あさ子

高い木に灯明のように咲く木蓮は、風に揺れると、青空へ向かってなんだか声を上げそうである。琴ちゃんのように「ワァア！」という歓声ではなく、青空へ静かに語りかけるよう

な木蓮の声音を思う。

「琴ちゃん、木蓮だよ。こっちは白い木蓮。こっちは紫の木蓮。綺麗だね」

僕もMさんも、彼女が指差した木蓮を同じように見上げる。毎日のように通る道沿いの木蓮だけど、一日ごとにその咲き具合は異なり、やがては花弁をこぼして散ってゆく。ひょっとしたら、その微かな変化をも見逃さず、琴ちゃんはいちいち感動して声を上げているのかもしれない。

「にゃいにゃいにゃい」

今度は、優しい声で琴世がつぶやいた。

猫が道をよぎっていったのである。それにしても彼女は眼がいい。ベビーカーから身を乗り出して、眼を光らせている。首を右に左に振って目線を転じながら、常に風景を観察しているようだ。

「アッ！」

向こうから、ベビーカーに乗った琴ちゃんと同じくらいの子がやってきた。琴ちゃんはすかさず指を差して親近の情を示す。彼女はけっこうフレンドリーなのだ。

向こうの赤ちゃんは、琴ちゃんの声に対して何もリアクションがない。琴ちゃんは手持ち無沙汰な、少し寂しそうな表情を見せる。すれ違うとき、そのベビーカーを押しているお母さんと僕らも会釈を交わした。

「なんか、おとなしそうな子だったね」

「そうだね」

Mさんと僕は、すれ違った赤ちゃんと琴世とを見比べて言った。

「こんなにいちいち指差して感動する子、他にいるのかな？」

「さあね。でも、とにかく感動屋だよね。好奇心が止まらないって感じかな。いいことだよ。静かな赤ちゃんよりも楽しいよ、琴ちゃんといると」

「そうだね、静かな琴ちゃんなんて考えられない。逆に心配になっちゃうよね」

最寄りの駅の近くまで押してきたベビーカーから、また琴ちゃんの「にゃいにゃいにゃいにゃい」という優しい声が聞こえてきた。

この場所に来ると、彼女は必ず猫がいてもいなくても「にゃいにゃいにゃいにゃい」と声を出す。僕らが「白猫さん」と呼んでいる猫が出没するエリアなのだ。

白猫さんがいてもいなくても、「にゃいにゃいにゃいにゃい」と琴ちゃんが声を出すということは、このエリアを白猫さんがテリトリーにしていることを認識しながら、その気配を察知しているということだろう。だから、姿が見えなくても「にゃいにゃいにゃいにゃい」と声を出して、白猫さんが現れるのを待っている様子もうかがえるのだ。

「きょうは、白猫さんいないね。会いたかったね」

Mさんが琴ちゃんを慰める。琴ちゃんもなんだか残念そうである。

こうして僕ら家族三人は、時々猫も走り抜けるヤイヤイロードを歩いてきて、駅に辿り着くのだった。

大人にとっては通い慣れた平凡な道であっても、琴ちゃんにとっては毎回新しい花や犬や猫に出会える、それはそれは楽しいヤイヤイロードなのであった。

うららかやヤイヤイと子が指差して　裕樹

しろつめくさ

ゴールデンウイークの最終日、Mさんは仕事で東京に行ってしまい、娘の琴世と二人きり。曇り空だけれど、いつまでも部屋の中で遊んでいるのもなあと思いつつ、そんなに遠出もできない。そこでお昼を食べてから、近所の「空地みたいな公園」に行くことにした。そこはまさしく「空地みたいな公園」で、遊具は一切置いておらず、ベンチが隅のほうにあるだけで、ただ土の地面が広がっている。海沿いにあるので常に潮風が吹き抜けている。

遠くには箱根の山々が眺められる。いつもほとんど人がいない。琴ちゃんを自由に遊ばせるにはもってこいの場所である。夏には草がぼうぼうと生え、冬にはそれらが枯れてまた地面が現れる。今の季節はちょうどよい丈で草が生えており、とても気持ちがいい。

僕は抱っこひもで琴ちゃんを抱えて公園まで来ると、持ってきた靴を履かせた。靴のサイズは十三センチ。小さい両足に小さい靴をきゅきゅっと履かせると、彼女を公園に解き放った。

最初は立ち尽くして、周りを不思議そうに見ていたが、やがてあるものに眼を留めるとそれに向かって一心に歩き出した。一歳七ヶ月にもなると、彼女の歩みもだんだん板についてきた。まだ頼りない足取りではあるけれど、着実に歩くためのバランス感覚を摑みながら、前に進む力を生み出している。

「琴ちゃん、やっぱり、それ好きだね」

彼女が真っ直ぐ向かって折り取った、綿毛のついたたんぽぽを僕は指差した。

彼女はじっとたんぽぽの綿毛を見つめると、もう片方の手でゆるゆる触れて散らして遊びはじめた。潮風に乗った綿毛は、そのまま流れ流れて空にのぼってゆく。

たんぽぽのぽぽと絮毛のたちにけり　加藤楸邨

この句の「ぽぽ」というオノマトペのように軽々と、白い落下傘がどんどん舞い上がってゆく。

「わあ、見て。空にのぼってゆくよ」

そう声を掛けても、琴ちゃんは聞いているのかいないのか、顔を上げない。ひたすら綿毛を散らし終えると、すぐに次のたんぽぽを見つけては茎を容赦なくちぎる。そしてまた綿毛を指先で散らしては捨てて、次のたんぽぽを探すということを繰り返した。綿毛をただ散らすことに集中している。たぶん面白がっているのだろうが、彼女の表情からは汲み取れない。なんだか真剣なのだ。集中しているから止めてくれるなという雰囲気を醸し出している。

琴ちゃんは、たんぽぽの綿毛が空に飛んでゆくことよりも、綿毛の触感に惹かれているのかもしれない。全体が球形なのに、自分の指先が触れたとたん、あっという間に形が崩れる。丸くなくなって一つ一つの綿毛に細かく分解されてゆく。その不思議の虜になっているのではないか。そんなふうに思って、僕は、彼女のなすがままにさせておいた。

「ねぇ、琴ちゃん、見て見て。ふううって」

途中で彼女を振り向かせて、僕はたんぽぽの綿毛に息を吹きかけてみせた。綿毛が勢いよく舞い上がる。

「ウワァ〜」

琴ちゃんが感嘆の声を上げる。今度は舞い上がる綿毛に興味を持ったようだ。

「やってみて」

僕はたんぽぽを手折って、琴ちゃんに渡してみる。僕の真似をしようとするのだが、どうしてもうまく吹くことができない。自分の鼻先に当てるか、口元に持っていくかまでしかできなかった。

「ああ、惜しいね。もうちょっとだね」

僕は琴ちゃんの頭をぽんぽんしてあげた。

やがて、彼女がたんぽぽの綿毛にも飽きた頃、公園の地面を突いているムクドリを発見した。

「ねぇ、琴ちゃん、あれ見て。ムクドリさんがいっぱいいるよ」

僕が「ほらほら」と指差すと、琴ちゃんはパッと目の色を変えて、そちらのほうに歩きはじめた。なかなか速い。両手を広げて「ワアァー」と叫びながら、ムクドリの群れに真っ直ぐ突っ込んでいく。彼女に気づいたムクドリたちは一羽、二羽、三羽とどんどん飛び立っていった。ムクドリたちがぜんぶいなくなってしまうと、彼女は「うう〜ん！」となんだか悔しそうな声を絞りだした。

「みんな、飛んで行っちゃったね」

残念そうにしている琴ちゃんのそばに行って、僕は声を掛けると、

「ねぇ、ねぇ、あっちにしろつめくさがいっぱい咲いてるよ」

僕は琴ちゃんと手をつないで移動した。

公園の真ん中あたりには、しろつめくさの白い花が咲き誇っていた。どこか郷愁を誘うしろつめくさを見つめていると、いつかの記憶が蘇りそうでいて蘇らず、像を結びそうでいて結局結ぶこともなく、胸の奥であいまいな懐かしさだけが揺らぎつづける。

苜蓿を駆けて父より離れざる　遠藤若狭男

晩春の季語である「しろつめくさ」は、「苜蓿」ともいう。「うまごやし」「もくしゅく」と二つの読みがあるが、この句は後者で読ませる。一面に咲いたしろつめくさの野を子どもは駆けながら、決して父からは離れないのだ。いつも父の居場所を気にしている。お父さん

っ子なのか、甘えん坊なのか、可愛らしい一句である。

では、琴ちゃんはどうか。眼を離すとすぐにどこかに行ってしまうのだ。まるで父のことなど忘れてしまったというように。

「ほら、いっぱい咲いてて綺麗だね」

彼女に言ってはみたが、しろつめくさには見向きもせずに、不意に公園を出ようと出入口へと早足で向かっていった。

「ちょっと、ちょっと危ないから。一人で出ちゃダメだよ」

僕は琴ちゃんに追いついて抱き上げると、ふたたびしろつめくさのところに戻した。すると、今度は急にしゃがみこんで、花や葉っぱに触れはじめた。

「ねぇ、綺麗だね」

僕が声を掛けても、なんだかまた真剣な顔をしている。あんまりよけいなことを彼女のそばで言うのも、と思ったので、しばらく好きなようにさせておいた。

そのうち、琴ちゃんがしろつめくさの葉っぱを一枚ちぎって立ち上がると、僕のそばに来た。

「んっ」

「どうしたの？　それくれるの？」

僕が手を差し出すと、彼女は葉っぱを渡してくれた。

「ありがとう。クローバーだね……えっ？　ちょっと待って、琴ちゃん！　これ、四つ葉のクローバーだよ！　すごいね！　見つけたの？　よく見つけたね！」

琴ちゃんは訳もわからず、きょとんとしている。

琴ちゃんがたった一枚ちぎったしろつめくさの葉っぱが、幸せの四つ葉のクローバーだったことに、僕は心底びっくりしながら、彼女の頭を撫でた。

「これはいいことあるよ。ありがとう」

琴ちゃんも嬉しそうな顔になって、僕を見つめる。

彼女はクローバーも知らないし、三つ葉や四つ葉という概念ももちろんない。しろつめくさには、人生でいま初めて触れたのだ。ただ好奇心のままに、たくさん生えている葉っぱの中から無作為に一枚ちぎってみただけである。それがたまたま四つ葉のクローバーを引き当てたのだ。確率的にもすごいことだろう。でも、と僕は思った。実際の幸せというのも案外、そういうふうにして訪れるものかもしれないと。

人生の流れのなかでたまたま手にしてみた何かが、自分でも思いもよらぬ幸いを運んでくることがある。幸せを捕まえに行こうとすると、たいてい逃げられてしまうが、偶然選んだり捕まえたりしたものに幸いの種が潜んでいることがある。そしてその幸いの種に気づくか気づかないかは、その人の持つ直観力や運しだいなのだろう。

僕は、琴ちゃんにもらった四つ葉のクローバーを手にして、神妙な気持ちになっていた。そうして、その四つ葉のクローバーは持ち帰らず、公園の大きな落葉の上に置いて帰った。持ち帰って押し花にしてもよかったのだが、彼女が摘んでくれた四つ葉のクローバーの美しい緑のままを、僕の文章のなかに大事に仕舞っておくことにしようと思ったのだった。そうすれば、四つ葉のクローバーはずっと色褪せることなく、幸せの象徴を鮮やかに宿したまま、このときの緑を保ち続けられる。

一葉のみ摘んで四つ葉のクローバー　裕樹

小鳥めく

琴世が保育園に通いはじめている。四月から通いはじめて約三ヶ月経ち、ようやく慣れてきたようだ。

最初のうち、登園するたびに激しく泣いた。それはそうだろう、生まれてからずっとそばにいた母や父と一時とはいえ、別れるのだから。あんまり泣くので、琴ちゃんを保育園に預けることに罪悪感を持つくらい、こちらの胸も痛んだ。

送り迎えの送りは、だいたいMさんに任せているのだが、「体を反りかえらせて、琴ちゃん、すごい泣いてた」と後で報告を聞くと、どうしたもんかなあと思ってしまう。通過儀礼として、どんな子も通る道だとわかってはいるが、琴ちゃんが知らない子たちに交じって、教室で泣きじゃくっている姿を思い浮かべては、きょうも大丈夫かなあと心配したものだった。そしてもう一つの心配は、コロナと風邪であった。

実は保育園に通いはじめて二日目に、保育士さんから電話がかかってきて、琴ちゃんと同じ組で、コロナに感染した子が出たという連絡が飛び込んできた。これには焦った。まだ通いはじめて二日目だというのに、早速心配していたことが起こったからだ。

琴世も微熱があり、少し鼻水が出ていたから、これは感染したかもしれないと、すぐに近所の小児科に電話をして、急遽PCR検査を受けることになった。まさか家族のなかで、琴ちゃんが一番にPCR検査を経験することになるとは……。検査を受け、結果を知らせる電話がMさんの携帯電話にかかってきた。

「陰性だって。よかったね、琴ちゃん！　症状が出たのはコロナじゃなくて、ちょっと風邪引いたのかもね。検査のとき、お鼻の奥をぐりぐりされて琴ちゃん、びっくりして泣いてたけど、ほんと陰性でよかったよ……」

Mさんは琴ちゃんを強く抱きしめている。琴ちゃんは何もわからずに、いつも通り元気にニコニコはしゃいでいる。

「そうだね。他の子ども達もうつってなければいいけど……まあ、しばらく保育園は休ませようか」

そんなコロナ騒ぎがあった後も、保育園で胃腸炎が流行って軟便になったり、突然高熱や咳が出たりして、園での生活に慣れる暇もなく、琴ちゃんは何度か病に感染したのだった。

僕もMさんも彼女から風邪をうつされて、ダウンした。久しぶりに僕は三十九度五分まで熱が上がって、ふらふらになったこともあった。喉もやられて咳に苦しめられた。

仕事にも支障が出たが、これぱっかりはしかたがない。できるだけ対処しようと、マスクをつけて琴ちゃんに接したりもしたけれど、一緒に暮らしているかぎり、どうしてもうつってしまうのであった。

しかし六月になって、熱も咳も鼻水も出ずに、三週間連続で琴ちゃんは、元気に登園できた。それまで少し通っては、お休みを繰り返していたので格段の進歩である。

送り迎えの迎えは、たまに僕一人で行ったり、Mさんと二人で行くことがあるのだが、保育園でおおよそ七時間ぶりに琴ちゃんと会うのがとても楽しみなのである。

「ねぇ、あれ、琴ちゃんじゃない？」

Mさんと僕は、園内に入ると、まずは遠くから教室の窓を凝視して琴ちゃんを捜す。

「そうだね、たぶん。あのマレットヘアは琴ちゃんだよ」

彼女の髪は、Mさんが時折カットしているが、かまやつひろしのように襟足の部分が長く伸びているのが特徴である。

教室に近づいていくと、いち早く彼女は僕らに気づいて、保育士さんに抱きついたりする。早く僕らのもとに連れていってほしいというアピールなのだろう。

最初の頃は、僕らの姿を見つけたとたん、大泣きした。そういえば、わたしは両親と離れて過ごしていたんだ！　と急に気づくのかもしれない。

ある日などは、大勢の子ども達に交わることなく、窓辺で一人絵本を読んでいる彼女の姿を見つけた。琴ちゃんのその横顔は、ちょっと孤独に見えたものだ。

「絵本、読んでる子、琴ちゃんだよね？」

僕とMさんはそう囁き合いながら、近づいていった。僕らがだんだんその窓辺に近寄っていって、窓越しに琴ちゃんのそばに来たとき、ふと彼女は二人の存在に気づいた。その瞬間、絵本をぱたんと閉じたかと思うと、床に突っ伏して泣きはじめたのだった。

琴ちゃんのその姿を見たとき、なんだかこちらも目頭が熱くなった。一人で絵本を静かに見ながら、僕らのお迎えを今か今かと待っていたのである。そう思うと、いますぐ琴ちゃんを思い切り抱きしめたくなるのであった。

でも、いまはお迎えに行っても彼女は泣かなくなった。保育園の時間を自分なりに楽しみはじめたようである。園を後にするとき、まだ教室に残っているみんなに手を振る余裕さえでてきた。そうなると、また勝手なもので、お迎えに来た僕らの姿を見て泣いてくれた琴ちゃんが恋しくなったりするのだった。そうやって、少しずつ僕らのもとから離れて、社会に馴染んでいくのだろう。まあ、社会といっても、まだ保育園だ。これから先は長い。一歳八ヶ月の彼女は、まだ僕らの庇護のもとにいる。

「きょうもお友だちとよく遊んで、お昼もぜんぶ残さずに食べましたよ。お昼寝はちょっと短めでしたが、明るく過ごせました。だいぶ慣れてきたみたいですね。ねぇ、琴世ちゃん、いっぱい遊んだよね」

お迎えの際、保育士さんがきょうの琴ちゃんの様子を話してくれる。保育園という社会生活に馴染んできたことに、彼女の成長を感じる。

Mさんが抱っこひもで琴ちゃんを保育士さんから受け取ると、僕らはゆっくり歩いて家まで帰るのだった。

帰り道、三人で必ずやることがある。
一つめは、川沿いの道に植わっている桑の木から実を捥いで、琴ちゃんに食べさせてあげること。黒く熟した桑の実が、彼女の好物だ。この川沿いの道を通るとき、彼女はその実があることをきちんと覚えていて、「ウワァー」と言って桑の木を指差すのであった。指差して、採ってくれとおねだりする。

黒く又赤し桑の実なつかしき　高野素十

赤いくらいの色合いの桑の実はまだ酸っぱい。黒く熟したものを選んで摘んで、琴ちゃんの口元に持っていってあげる。すると、口を開けて、ぱくっと食べる。しばらく嚙みしめている。あのぷちぷちした食感が好きなのかもしれない。多いときで三、四粒の桑の実を採ってあげるのだった。
それから二つめは、道端に咲いている紫陽花に触れること。琴ちゃんは紫陽花が好きなようで、見つけると、桑の実と同じく「ウワァー」と言って指差す。僕らも「紫陽花だね」と応えつつ、そばに行ってその丸くて青いかたまりを触らせてあげるのだった。

あぢさゐの毬は一つも地につかず　上野章子
あぢさゐの毬より侏儒よ駆けて出よ　篠原鳳作

確かに「あぢさゐの毬」は群れかたまって咲いているけれど、どれも地面にはついていない。どれも宙に浮いている。琴ちゃんもそれを不思議に思うのだろう。紫陽花をボールのようにぽんぽんと掌でつく彼女はとても楽しそうだ。雨が降った後だと、触れると雫が飛び跳ねる。掌についた雨の雫を琴ちゃんは、また不思議そうに眺めるのだった。

そうして紫陽花から侏儒＝小人が走り出てきたら、さらに彼女はびっくりするだろう。この句の侏儒は、紫陽花の精だろうか。童話的な光景であり、「よ」のリフレインに幼な心の弾みが感じられる。もしほんとうに紫陽花から侏儒が走り出てきたら、彼女は持ち前の好奇心で捕まえようとするか、それとも怖がって泣いてしまうかのどちらかだろう。一度、琴ちゃんと侏儒との出会いの場面をこの眼で見てみたいものだ。

琴ちゃんと一緒に桑の実、紫陽花と触れて家路をゆるゆる帰りつつ、三つめにすることは、ローズマリーの香りを嗅ぐことである。ローズマリーが茂っている垣根があり、そこを通るときも琴ちゃんは「ウワァー」と指差すことを忘れない。三人で繁茂するローズマリーの前で立ち止まると、まず彼女に触らせる。琴ちゃんは、長く垂れ下がったローズマリーを自らちぎって鼻先に持っていく。「フワアアア〜」と、思わずとろけた声を漏らす。ラベンダーでも試してみたが、こんなふうにはならなかった。彼女はローズマリーの香りがお気に入りなのだ。まさにアロマテラピーである。保育園で遊び疲れ、待ちくたびれた心身を癒してくれるのだろう。琴ちゃんの「フワアアア〜」の声に僕らも癒される。

そうやって前にも書いた「ヤイヤイロード」を通って帰ってくるのであった。ヤイヤイロードは、犬の散歩が多い自宅までの一本道なのだが、琴ちゃんが犬を見つけるたびに、「ヤイヤイヤイヤイ！」と指差して叫ぶので、僕が勝手に命名したのである。

けれども最近琴ちゃんは散歩の犬を見ても、もう以前のように「ヤイヤイヤイヤイ！」とは叫ばなくなった。見つめることは見つめるのだが黙っているか、ちょっと声を上げる程度の反応になった。これも彼女の成長の一つなのだろうか。でも、もう一度「ヤイヤイヤイヤイ！」という彼女の無邪気な叫び声を聞きたいと思う自分がどこかにいる。だから、相変わらず犬には興味を示すが、そう叫ばなくなった琴ちゃんの様子に、妙な寂しさも感じるのであった。

保育園に行きだしてから、少しずつ少しずつこの世界を捉える彼女の認識の仕方や思考に変化が起こっているのかもしれない。それを成長というのだろうか。琴ちゃんが成長していくことは喜ばしいことではあるが、なんだか寂しさもつきまとう。だんだんと大きくなるにつれて、もうあの小さかった頃には二度と帰れないのだなと振り返ってしまう。

当たり前かもしれないけれど、成長とはどんどん心も体も移り変わっていくことなんだと、彼女を育てながら、同時に彼女に教えられているようにも思えるのであった。

口開けて小鳥めく子に桑の実を　裕樹

いのち貰へよ

世界がめまぐるしく変化している。それもだんだん不穏な方へと向かっているようだ。参議院選挙の応援演説中に安倍晋三元首相が銃撃されて命を落とした。ロシアがウクライナに侵攻を続けている。サル痘なる新たな感染症が欧米で流行りはじめている。そして相変わらず新型コロナウイルスは変異し続けて人への感染力を増し、東京は四万人以上、神奈川も一万五千人を超える感染者を出している。オミクロン株の変異した「BA.5」が猛威を振るっている最中、また新たな変異株「ケンタウロス」が日本でも見つかった。「ケンタウロス」は、「BA.2」系統から変異した七十五番目の亜種だそうだ。七十五番目！　新型コロナウイルス自身も、この世界に生き残るために絶え間なく変化し続けている。

僕たちは今のところ、以前のように緊急事態宣言やまん延防止等重点措置がとられない状況のなかで、経済活動を止めずに暮らしている。たまに東京に出ると、あたかも何事もないかのごとく、たくさんの人々がマスクをしてどこかに向かって歩いている。皆どこに向かって歩いているのだろうか。

僕は週に一度、非常勤講師をしている東京の大学で対面授業をするために校舎に向かう。一人の学生がコロナに感染して欠席していると、大学からの報告で知ったが、あえて気に留めることなく、教室へ向かって足早に歩いている。教室では欠席の学生に関しては一切触れることなく、僕はいつも通り授業を始めるだろう。学生たちと句会を終えた僕は、混み合う東京駅に向かい、構内でカフェオレと妻に頼まれている朝食のパンを買い求める。東海道線のグリーン車に乗り込むと、カフェオレを飲みながら俳書を開く。

金蠅も銀蠅も来よ鬱頭
昼顔は誰も来ないでほしくて咲く
気がつけば冥土に水を打つてゐし
飯島晴子

平成十二年六月六日、七十九歳で自死した作者のことを思いつつ、一句一句を噛み締める。一句目の「鬱頭」は鬱に陥っている頭という造語だろう。そこに「金蠅」も「銀蠅」も来なさいと誘っている。あたかも鬱になっている頭は腐って美味しいから、蠅たちよ、舐めてみてはどうかとおどけているようだ。だが、そう呼びかける心情に凄まじさを覚える。金蠅銀蠅の夥しくたかったぎらぎらした頭を想像するだけで身の毛がよだつ。

二句目の「昼顔」は作者自身であろうか。「誰も来ないでほしくて咲く」の屈折したつぶやきが、そう思わせる。誰も来てほしくないからただ咲いているのか、誰にも会いたくない代わりに、ひっそりと咲いて空を見ているのだろうか。誰も来てほしくなければ蕾のままでいたらいいのに、咲くのである。この「咲く」に底知れぬ寂しさが宿っている。

三句目はこの世からあの世へ「打水」をしている。「打水」は夏の季語で埃をしずめたり暑さをやわらげたりするために水をまくことだ。現世の庭先に水を打っていたはずが、気がついたら、来世の暗がりへと水を放っていたというのである。この世にいながらあの世をすでに見つめている作者の諦観が不気味に表れている。冥土に打った水は一瞬のうちに蒸発してしまうのか、それともそのまま暗闇にゆっくりと広がっていくばかりなのだろうか。

現世の鉄路の上をスピードを上げて走る電車のなかで、あの世の匂いをまとった句に耽溺しながら、僕は湘南の片隅の家に向かって帰ってゆくのだった。

このように僕が家を空けるときは、Mさんが、娘の琴世と一緒にいてくれる。保育園に預けている場合は、Mさんも子育てから一時解放されるが、琴ちゃんは園からよく風邪をもらってくるので、最近は家にいることが多くなった。コロナもそうだが、RSウイルスという感染症も流行りはじめているようで、単純に保育園に預けて安心とはいかない状況になっている。

七月某日、Mさんが仕事で東京に行ってしまったので、僕と琴ちゃんは二人きりになった。いつもなら昼間、何をしようかと考えるところだが、きょうはやることは決めてある。Mさんがネットで買ってくれたプールで遊ぶのだ。

カンカン照りではないけれど、じっとりとねばつくような暑さだから、彼女とプールで遊ぶにはもってこいの日である。汗も流れてすっきりするだろう。汗疹《あせも》にもいいだろう。琴ちゃん、オムツを捨ててプールに入ろう！　そんな気分だ。

彼女の服を脱がせて水着に着替えさせる。琴ちゃんもこの段階で、これから水遊びするんだなと気づいているようである。ひらひらしたピンクのスカートの水着を着た琴ちゃんはなかなかキュートだ。僕も素っ裸になって青い海水パンツを穿く。

それから彼女の手を引いて、庭に置いたプールに向かった。水はある程度、あらかじめ溜めておいた。ホースの水の出方を「シャワー」に切り替えて水を出している。琴ちゃんとキャッキャ言いながら遊ぶためだ。

「はい、入るよ！　ぽちゃん！」

僕は琴ちゃんを抱き上げて、プールに入れてあげた。

「うわァ～！」

琴ちゃんから歓声が上がる。

「気持ちいいでしょ？　ちょっと冷たいかな？」

プールに浮かべておいたゴムボールを彼女に向かって柔らかく投げる。体に当たり、水面に跳ねたボールを見て、ふたたび彼女は嬉しそうな声を上げた。そしてホースのシャワーを琴ちゃんにかけてあげると、まるでその場でスクワットをするように二つの膝をぐんぐん動かして喜びはじめた。琴ちゃんは水遊びがすごく好きなのである。

家出するほども荷物を持ちプール　下田育子

やがて琴ちゃんも年頃になると、大きな荷物を自分で担いで、友だちと一緒にプールに行ったりするのだろうか。眼の前でキャッキャとホースを握りしめて遊んでいる一歳九ヶ月の彼女を見ていると、そんな日がいつか来るとは想像しづらい。けれども今だって、眼に見えてはっきりとはわからないが、彼女はプールに入って、水に触れて、何かを繊細に感じ取りながら、ほんの少しずつではあるが、大人へと育っている途中なのであろう。

不意に琴ちゃんがプールの縁に寄ったかと思うと、プールの外を指差した。

「んん？」

彼女が不思議そうに庭のタイルの上を指差し続ける。

「どうしたの？」

僕は彼女の指差すほうに眼を遣る。蟻である。蟻がタイルの上を忙しそうに這っている。

「琴ちゃんは眼がいいね。すごいね」

そう僕が応えると、彼女はなんだか嬉しそうな笑みを浮かべた。

ふと思うことありて蟻ひき返す　橋閒石

僕もしばらく琴ちゃんと一緒に蟻たちの動きを見ていたが、中にはこの句のような蟻も交じっていそうである。蟻にも何かしら不意に「思うこと」がきっとあるのだろう。人間のように蟻が描かれていて面白い句である。

蟻がいるという報告をつつがなく終えた琴ちゃんは満足して、また僕とボールを投げ合ったり、シャワーをかけ合ったりして、ひとしきりプールで遊んだのだった。

そうしているうちに、そろそろお互いの体も冷えてきたので、水から上がることにした。上がるとき、琴ちゃんはまだ遊びたいと泣きわめいた。きっとそうなるだろうと予想はしていたが、仕方がない。これ以上プールにいると、体が冷え切ってしまう。

なんとかなだめすかして、縁側まで抱いて連れてくると、バスタオルで彼女の体を拭き、僕自身の体も拭いた。まだプールのほうを見ながら、ぐずぐず言っている琴ちゃんの声に混じって、遠くのほうから蟬しぐれが聞こえてくる。

死蟬をときをり落し蟬しぐれ　藤田湘子

今、遠くから聞こえてくる蟬しぐれも、時折力尽きた蟬を落としながら、鳴き続けているのだろう。一つ二つと脱落し、生きている蟬だけが必死に鳴くことをやめない。

蟬も人間も生と死をいくたびもいくたびも繰り返し、今まで生きながらえてきた。何のために蟬は生きているのだろうか。何のために人間は生きているのだろうか。琴世はこれから何のために、この世で生きていくのだろうか。

体についた水滴を拭き終えて部屋に入ると、琴ちゃんに服を着せた。それから食卓についていて、おやつの西瓜を細かく切って出してあげた。西瓜のかけらを口に入れた彼女は満足そうに、うんうんと頷いている。笑みがこぼれる。

「美味しいね。よかったね」

琴ちゃんは自ら手を伸ばし、西瓜のかけらを鷲摑みにして口に放りこんだ。西瓜の汁が口の隅から溢れ出てくる。それを食べ終わらないうちにまたすかさず、西瓜を摑んで口に入れる。リスのようにほっぺたが膨らんで、口のなかが西瓜だらけになっている。

窓越しに西日が強く差すなか、遠くで鳴いている蟬はいっこうに鳴きやまない。絶え間ない生の波動となって、夏の空気を震わせ続けている。窓の向こうの海原が炎天の下、燃えている。光り輝いている。琴ちゃんは窓の海に一瞥もくれずに、西瓜を食べている。彼女には蟬の声が聞こえているのだろうか。問いかけたとしても、応える言葉をまだ持っていないのでわからない。おそらく聞こえてはいるのだろう。

だが、そんなことは琴ちゃんにとって、どうでもいいことだ。彼女は今、西瓜を食べるために生きている。

西瓜よりいのち貰へよ琴世生きよ　　裕樹

地球が奏でる音

お盆だというのに台風が来ると、テレビやネットの記事がざわざわしていた。それに合わせて湘南の片隅にある我が家の窓という窓が荒立ってきた海の光景を映し、高まる波音を響かせている。リビングでは琴世が元気に走り回っていた。ここしばらく彼女は保育園を休んでいる。全国的に保育園や幼稚園などで、新型コロナウイルスをはじめ、RSウイルス、手足口病など、感染症が流行っているという。おまけに医療崩壊寸前と聞けば、とても園に通わせるわけにはいかない。

そう判断したのは、情報を鵜呑みにしたからではなかった。実際少し前に、琴ちゃんが保育園から風邪か何かわからないものを貰ってきて、咳が何日も続き、ついにある朝激しく咳き込んだ拍子に吐いたことがあった。二、三度嘔吐した彼女は苦しそうにしている。

「これはもう病院で診てもらおう」

僕はMさんにそう言うと、慌ててかかりつけ医に電話をした。だが、なかなか繋がらない。何度か電話を切っては掛け直して、ようやく小児科に繋がったとき、胸を撫で下ろした。が、安堵はそこまでだった。

「いま発熱の方がいっぱいで、いつも来てくださっている方もお断りしなければいけない状況なんです。すみません……」

「いや、でも咳き込んで何度も吐いてるんですよ。これは診てもらったほうがいい状態ですよね。うちの子は一歳十ヶ月で、いつも先生にお世話になっているんです。なんとか診ていただけないでしょうか」

「……わかりました。一度、先生に聞いてみます。後ほど、お電話をお掛け直しします。今電話が殺到していて繋がりにくい状態になっていますので、ご連絡が遅くなるかもしれません。でも、必ずご連絡しますから、少々お待ちいただけますか？」

発熱の患者が次から次へと押し寄せて、もう手いっぱいの状況なのだろう。切羽詰まった窓口の女性の声でそれが伝わってきた。

琴世の嘔吐は治まったようだが、相変わらず咳はし続けており、いつもの元気はない。

二時間くらい経って、ようやく小児科から電話が掛かってきた。

「遅くなってすみません。三時半にお越しになれますか？　その時間ならなんとか診られます。ただお車で来ていただいて、先に車内でPCR検査をしてからの診察になります」

「すみません、車を持っていないんです。タクシーで行って、PCR検査を受けることは可能ですか？」

「それはタクシー会社が大丈夫であれば……」

「では、一度聞いてみます」

僕は電話を切り、すぐにタクシー会社に電話をした。その旨を訊ねてみたが、案の定断られた。コロナに感染しているかもわからない人間を乗せて車内でPCR検査を受けることは、公共の乗り物ではできないとのことだった。またすぐに小児科に電話をして、長い間呼び出し音を鳴らし続け、ようやく繋がった窓口の女性にそのことを伝えた。

「そうですか。いまコロナらしき症状のある方には、皆さん先に、PCR検査を受けていただくことになっているので……お車でお越しになれないのであれば、受診はちょっと……すみません、ほんとうに……」

「……どうしても難しいですか」

「すみません……いつもなら今すぐにお越しいただくんですが……ご心配ですよね……でも、発熱された方々でもういっぱいの状態で……すみません。診てあげたいのに、診られない状況なんです。ほんとうにすみません……」

窓口の女性の、こちらのことを親身に思ってくださっている、でも今はどうにもならない、ほんとうに申し訳ないというやり切れない声音から優しさや虚しさの入り混じった感情が伝わってきて胸が熱くなった。

「……わかりました。親切にご対応してくださって……家で様子を見ます……」

僕はこみ上げる涙をこらえながら、かすれた声で電話を切った。琴世が苦しそうに咳き込んでいるのを見て、泣いている場合じゃないのに自然に涙が溢れてきた。

「どうしたの？　診てくれるの？」

泣きながらMさんに事情を伝えると、携帯電話を空しく握りしめている僕を黙って抱きしめてくれた。そして僕の背中を優しくさすってくれているMさんも泣いているようだった。

「ごめん、泣いてる場合じゃないね。しばらく家で琴ちゃんの様子を見てみよう」

涙を拭いた僕は自分を鼓舞するように、そうMさんに言った。Mさんも強く頷いてくれる。

その後、琴世は長い時間寝た。こちらが心配になるくらい寝入った後に、ご飯を少し食べてまた寝た。次の日も咳は続いたが、幾分きのうより良くなっているようであった。それから少しずつ少しずつ咳が軽くなってゆき、日に日に快方に向かっていったのだった。

こうして現実的に医療崩壊寸前の小児科の状況を目の当たりにして、ネットの記事が嘘ではないことを実感して以来、保育園を休ませている。緊急事態宣言など発出されていない世の中は表面上、普段通りに動いているように見えるが、それはとんでもない幻想であった。麻痺してしまった医療体制に何ら具体的な救済措置を施そうとせず、知らぬ顔をしている政府のやり方に深い疑念を持った。経済を優先して人の命をおろそかにしていいのか。小さな子が体調を崩したときに、安心して医療行為が受けられぬ社会の歪みは誰が作り出したのか。もっと庶民の目線で、実生活を踏まえた視座をもって国政を動かそうとする篤実な政治家はいないのか。

現在は、今病院で起こっている逼迫した状況、いくつもの人の命が生と死の綱渡りをしている世界と、表面上普段と変わらぬように動いている世界とが、まるでパラレルワールドのように見えるが、そうではないのだ。これは同じ世界で現実に起こっている危機的な事態なのである。

こうなったら、自分の身は自分で守るしかない。自分の子は家族で守るしかない。頼りない父親である僕でも、そう強く決断せざるを得ないほど、危うい世の中になっている。

そんなことを思いながら、湘南の片隅の家に家族三人で身を寄せ合い、お盆にも僕の実家のある和歌山には帰らず、今まさに接近しているという台風の足音に耳を澄ましているのであった。

先んじて風はらむ草颱風圏　遠藤若狭男

我が家の庭にはびこっている雑草が風にしなっている。だんだん雨風が強まってきたようだ。さあ、もうすぐこの家を揺るがすほど吹き荒れるぞと僕は身構えていた。海の眼の前に住んでいると、台風の圧倒的な凄まじさを見せつけられる。さあ、来るぞ来るぞ、と食料も蓄え、心の準備もしていたのだが、この湘南の辺りは夕方くらいをピークに風が多少吹き荒れたものの、思ったほど強烈な風雨にはならず、夜になった頃にはもう台風はどこかに去ってしまったようだった。

「あんなに大げさに報道していたのに、思ったほどじゃなかったね」

僕は気が抜けたように言った。

「そうだね。もう大丈夫みたいだね」

Mさんも安堵したようだ。

停電もなく無事に家族三人で夕食を食べ終えた後、なんだかリビングの窓辺で、Mさんと琴世がわあわあと騒いでいた。窓には夜の海だけが映っているはずである。何を騒ぐことがあるのだろう。

「わあ！　すごいね！　光ったね」

Mさんが窓の向こうを指差している。

それを見た琴ちゃんも、同じように指を差して「わあ！　わあ！」と声を上げている。

僕は不思議に思って窓外に眼をやると、夜の海の上に分厚く広がっている灰色の雲を縫うように、時に鋭く貫くように、放電の光が走っていた。稲妻である。

稲妻のかきまぜて行く闇夜かな　去来

この家のリビングの窓からは海原と空しか見えない。遮るものは何もなく、大きく海が広がっている。そんな窓から見渡すことのできる稲妻は、まるで神が天衣無縫に大いなる光を放ちながら駆け巡っているようで、太古の趣が感じられた。相模湾の上に見る巨大な放電は、まさに神の為せる業であり、この句のように神が闇夜をかきまぜて楽しく遊んでいるようでもあった。夏の季語の「雷」は「神鳴」ともいうが、これはその音を捉えた季語である。一方「稲妻」は光を中心に捉えた秋の季語だ。リビングの窓から伝わるその轟音は、時折三人の腹の底を震わせながら、夜空から墜落する竜のように光った。雷ともいえるし、稲妻ともいえるだろう。

「わあ！　また光ったね！」

Mさんがふたたび沖の稲妻を指差すと、琴ちゃんもそれに倣って、飛び跳ねながら「わあ！」と高い声を張り上げて指を差した。

僕はリビングのすべての灯りを消して、二人と一緒に稲妻をしばらく見つめた。灯りを消すと、いっそう稲妻の存在が明確に浮き彫りになり妖しげに光った。

「この風景はなかなか見られないよ」

稲妻とはこんなにも美しく、一瞬の造形美を克明に刻んだ、静かにして鮮烈なるものなんだと、僕は認識を新たにしてつぶやいた。

「そうだよね……ずっと見ちゃうよね」

Mさんも稲妻から視線を外さない。

レイチェル・カーソン著『センス・オブ・ワンダー』には、こんな一節がある。「雷のとどろき、風の声、波のくずれる音や小川のせせらぎなど、地球が奏でる音にじっくりと耳をかたむけ、それらの音がなにを語っているのか話し合ってみましょう」

ゴロゴロゴロドドッドーンッと沖合で鳴り響くとともに放電される光は、レイチェルの言うように「地球が奏でる音」だ。生物学者であったレイチェルは、「センス・オブ・ワンダー」＝〈神秘さや不思議さに眼を見はる感性〉の大切さを本書でやさしく説いている。
琴ちゃんは今まさに「地球が奏でる音」と光の現象に驚きの声を発している。飛び跳ね、体全体で地球を感じている。そして、僕もMさんも琴世と一緒になって、音と光の巨大な現象に眼を見はりながら、子ども心に返って、台風一過の夜の窓外を見つめ続けたのであった。

六つの眼に地球華やぐ稲光　裕樹

今日の月

たまにもし琴ちゃんがいなかったら、とMさんと話すことがあるが、まっさきにお互い出る言葉が「静かだよね」である。とにかく彼女はじっとしていない。常に動き回っている。琴ちゃんが一人いるだけで、家がずいぶん賑やかになる。まるで小さな竜巻のようだ。

彼女が生まれていなかったら、おそらく僕とMさんは、日々静かに二人の時間を紡いでいたであろう。本を読んだり、映画を観たり、音楽を聴いたり、たまに二人で旅行に出かけたり、静かな充実した時間を共有していただろう。互いの一人の時間も心置きなく取れる。

それがどうだ、この琴世という小さな人間が一人、Mさんのお腹から生まれ出てからは、常に彼女の声が家中に響き渡るようになった。ちょっとしたことで泣く。ときに泣きわめく。手がつけられないことだって多々ある。何をそんなに泣くことがあるのかと理解に苦しむこともある。

今も階下から泣き声が聞こえてくる。二階の書斎に閉じこもってこの原稿を書いているが、その扉をなんなく突き破って、下のリビングでぐずっている彼女の声が耳に入ってくる。琴ちゃんの泣き声がすると、なんだかこちらも落ち着かなくなってくるのだが、それを振り切って、原稿を書いている。Mさんには申し訳ないと思うけれど、締切が過ぎてしまった原稿だから、僕も追い込まれているのだ。あ、泣き声が止んだ。Mさんがなんとかしてくれたのだろう。

「わああ！　わあああああ！」

その日も相変わらず、琴ちゃんは騒いでいた。リビングの椅子に這いのぼって窓の外を指差している。一歳十一ヶ月の彼女はまだ体も小さく、僕らが座る木の椅子の座面に両手をかけて、全身を使ってもぞもぞとお尻を振りながら這い上がり立ち上がる。最初は危ないと思って、見つけたらすぐに下ろしていたのだが、もうこちらも慣れてしまった。彼女もバランス感覚がいいので、いきなり落ちることもないだろう。

「わあ！　わっわっ！」

椅子の上で体を揺らしながら、琴ちゃんがしきりに窓の外を指差すので、

「何？　何騒いでるの？」

僕は読んでいた本を閉じると、琴ちゃんの指差すほうを見た。Mさんは台所で、夕飯の準備をしている。琴ちゃんの指差すほうには特に何も見えない。と、思って、彼女の背丈と同じ低い視線になって窓を見たら、大きな満月が海の上に出ているではないか。

「あ！　きょうは中秋の名月だったね！　琴ちゃん！　見つけてくれたの？　さっきから知らせてくれてたんだね」

きょうは名月だということは、もちろん僕も知ってはいたが、まだ夕方の六時だったからすっかり油断していたのだった。

「琴ちゃん、教えてくれてありがとう」

僕は彼女の頭をなでなでして、心からお礼を言った。名月を一歳十一ヶ月の我が子に教えてもらうとは思わなかった。そういえば、琴ちゃんはふだんから月が好きである。時々、上った月を指差しては、「ちゅきっ、ちゅきっ」と、驚いた声を出したりする。

名月をとつてくれろと泣く子かな　一茶

江戸時代の純朴な子どものおねだりの様子が眼に浮かんでくる。夜空に浮かんだ名月が手に取れるものだと信じる子どもの心が可愛らしい。琴ちゃんはさすがにそこまでは言わないが、でもとにかく彼女は月を見つけると、必ず驚きの声を発するのであった。

「ちょっと来て。琴ちゃんが、名月が上がってるって教えてくれたよ」

僕は台所のMさんに声をかけた。

「もう出てるの?」

手を拭きながらMさんはリビングにやってくると、まだ琴ちゃんがわあわあ騒いで指差しているほうにかがんで視線を向けた。

「あ、ほんとだ。出てるね。琴ちゃんが見つけてくれたの? えらいね、琴ちゃん」

Mさんも彼女の頭をなでなでする。

「琴ちゃん、きょうの月はおっきいね！」

僕がそう囃し立てると、

「おっきいよ〜、おっきいよ！」

さらに彼女は興奮したらしく、声のボリュームを二段階くらい上げたのだった。

お察しのように、琴ちゃんは言葉をいくつか覚えて話すようになってきた。その他にも最近印象に残っている場面がいくつかある。

「チッチ」

琴ちゃんが、僕のほうを見てそう言ったのだ。

「ねぇ、はっきり言ってるでしょ？」

Mさんがなんだか自分のことのように誇らしく微笑んでいる。

「ほんとだね！　いま、チッチって言ったね。琴ちゃんっ！」

思わず僕は、彼女を抱き締めた。

Mさんのことは「マンマ」と早くから呼んでいたが、なかなか僕のことを「チッチ」とは呼んでくれなかったのだ。それどころか、僕のことまで「マンマ」と呼んでいた。僕は「パパ」というがらでもないので、「父」を少しもじった「チッチ」と呼んでもらおうとしていた。それは僕よりもMさんのほうが、事あるごとに「チッチだよ」と、僕のことを指差して琴ちゃんに教えてくれていたからでもあった。

でも、いっこうに呼んでくれない。おそらく彼女にとって言いづらい言葉なのだろう。「チッチ」よりも「パパ」のほうが発音しやすいに決まっている。そんな経緯があって、僕が半ば諦めていたところに、突然「チッチ」と呼ばれたものだから驚いた。これには胸に込み上げる熱いものがあった。琴ちゃんを抱き締めると、また耳もとで「チッチ」と呼んでくれた。もうこれはたまらない。僕は涙目になりながら、琴ちゃんのほっぺたに自分の頰を寄せてすりすりした。子どもから自発的に呼ばれるとは、こんなにも嬉しいものなのか。そんな喜びがこの世にあったのか。

「チッチ」と彼女からはっきりと呼ばれて、改めて僕はこの子の父親なのだと強く自覚したのであった。それから琴ちゃんはMさんのことは「マンマ」、僕のことは「チッチ」と使い分けて呼ぶようになった。たまにMさんのことを「チッチ」と呼び間違えたりするけれど、それもまた可愛い。

「ちゅう〜、ちゅう〜」

この琴ちゃんの言葉にもびっくりした。

夜空を指差してしきりに「ちゅう〜、ちゅう〜」と彼女が言いだしたので、はじめのうち、何を言っているのか、わからなかったのだ。

「なんか言ってるね？　なんて言ってんだろう……」

僕はMさんのほうを見て首を傾げた。

Mさんもわからないようだ。しばらく二人で真剣に考えていると、Mさんが不意に、

「わかった！　うちゅうだよ、宇宙！」

「そっか！　宇宙だったか！」

なるほどと、僕は膝を打った。

しかし、夜空を指差して「宇宙」なんて言い出すとは、スケールがでかい。こんな小さな、言葉を覚えたての子に言われると、なおさら不思議な感じがして、妙に哲学的な響きさえ伴って聞こえてくる。

「でもさ、宇宙なんて言葉、どこから覚えたんだろう？」

琴ちゃんの言葉を解読したMさんが、ふたたび考え込む。僕も同じように考えながら、あることに思い当たった。そして琴ちゃん専用の本棚に行って、ある絵本を一冊引き抜いて、ページを繰っていった。

「やっぱり！　これだよ、ここ！　ここに宇宙っていう言葉が出てくる」

僕は、彼女が好きな絵本の一つである阿部海太さんの『めざめる』のページをめくって、そこに書いてある〈うちゅうは／いつめざめた〉という一文を読み上げた。

「それだよ！」

今度はMさんが膝を打った。

「この絵本は何回も読んでるから、琴ちゃんが覚えちゃったんだね。しかも、ぐるぐるの星雲のような絵をちゃんと〈うちゅう〉だって認識してたんだよ。うちの窓は海と空しか映らないから、夜空と〈うちゅう〉が琴ちゃんのなかで結びついていたんだね。これはすごいや。

琴ちゃん、やっぱりかしこいね！」

最後はいつも親馬鹿発言になるのだけれど、それは置いておくとして、僕は我が子が徐々に言葉を覚えていく過程を眼の前にして、ほんとうに驚きを隠せないでいた。そうして琴世という小さな存在そのものにも、どこか宇宙的な未知の光芒や奥深さを覚えつつ、三人で海上の名月を見つめたのであった。

一歳に教へられたる今日の月　裕樹

前夜祭

リビングの窓辺に佇んで庭を見つめていた琴世が不意に、僕のほうを振り返って、

「クー、クー」

と口をとんがらせて言い出した。

「クー、いた？」

「いたっ！」

即座に応える琴ちゃん。

そういえば、庭の隅に蜘蛛が巣を張っていたな、と僕は思い出して窓を開けた。「クー」とは蜘蛛のことで、彼女はそれをけっこう目ざとく見つける。琴ちゃんを抱っこして、開けた窓から身を乗り出すと、二人して庭の隅を見遣った。確かに、なかなか大きな巣を張った蜘蛛が八本の脚を広げている。

「ほんとだね、クーいたね。よく覚えてたね」

「いやっ、コワイ～！」

自分で「クー、クー」と言っておきながら、琴ちゃんは実際近くで眼にすると怖いらしく、むやみに逃げようとするのだった。

「クーは怖くないよ。ねぇ、琴ちゃん、庭にバーかカマキリいるかもしれないから捕ってきてあげようか?」

「バー?」

「そう、バー」

バーとはバッタのことである。カマキリはなぜか省略なし。湘南の片隅にあるこの家の庭は潮風をもろに浴びるので園芸用の草花を育てるのは難しいが、雑草はよく生えてくる。放っておくと、あっという間に雑草に覆い尽くされて荒れ庭のようになってしまう。雑草が生えると、蜘蛛もバッタもカマキリも生息するようになる。

琴ちゃんには先にこの庭で、それらの虫と実際触れあった後に、昆虫図鑑を買い与えた。すると、写真を指差して「クー」「バー」と言い出したのだった。省略した言い方は、僕や妻のMさんが教えたわけではなく、彼女が勝手に言いやすいようにアレンジしているのだ。

「琴ちゃん、カマキリは!」

僕が言うと、

「キャマキイッ!」

即答した彼女は、素早く両手を挙げたかと思うと、カマキリの鎌の恰好を真似して手首を折り曲げた。

このポーズは、僕が琴ちゃんに仕込んだものである。手首を曲げる仕種がたまらなくかわいい。琴ちゃんも嬉々としてやってくれるし、僕の親もMさんのご両親も喜んでくれる。琴ちゃんがぐずっているとき以外は、「カマキリ！」と声をかけると、いつでもどこでも手首をくっと即座に折り曲げて、鎌のポーズを決めてくれるのであった。

「じゃあ、ちょっと庭で捕ってくるね」

僕は玄関から庭に出ると、ものの三分ほどで、カマキリを捕まえて、リビングに舞い戻ってきた。

「琴ちゃん、カマキリいたよ！　ほらっ！」

カマキリを摑んだ手を突き出して、彼女に近づいていくと、

「キャー！」

琴ちゃんは猛スピードでバタバタと、僕に背中を向けて逃げ出した。

「あれ？　琴ちゃん、カマキリだよ」

あらかじめ琴ちゃんが怖がることを知っていながら、僕は小学生の男の子が好きな女の子に嫌がらせをするような態度で、彼女が逃げていった台所のほうに追いかけていった。

台所にはMさんがいて、

「どうしたの？　カマキリさんいたの？」

と言って、カマキリを手に持っている僕のほうを見た瞬間、凍りついて眼を見開いた。

「ムリ、ムリ、ムリッ！　家に入れないで！」

琴ちゃん以上にMさんは、カマキリに拒否反応を示したかと思うと、二人でわあわあ騒ぎはじめた。

墜ち蟷螂だまつて抱腹絶倒せり　中村草田男
ねぢ切れさうに首を廻していぼむしり　原田孵子

この二句のようにカマキリのどこか人間臭い面が、よけいに恐怖をかき立てるのだろうか。一句目は草木などから落ちて引っくり返ったカマキリがもぞもぞと鎌や脚を動かしながら、まるで声を出さずに大笑いしているようだと詠んでいる。「だまつて抱腹絶倒」には、なぜ落ちて笑う必要があるのかという理不尽な、ブラックユーモアを感じさせる。二句目は、カマキリの首がぐるっとよく廻る不可思議な動きに、「エクソシスト」のようなホラー映画の要素があるかもしれない。「いぼむしり」とはカマキリの別称である。カマキリにいぼをかじらせると治るという俗信から来ているのだが、そんな奇妙な言い伝えもなんだか怖いといえば怖い。


Mさんも琴ちゃんも、わあわあ騒ぎ立てるので、僕は網戸にカマキリを放してあげた。

「もう大丈夫だよ。網戸にいるから」

「ほんとにムリだから。ねぇ、琴ちゃん、怖いよね？」

「コワイ～！」

そこまで僕もカマキリも悪者扱いされると思わなかったが、好きな女の子を怖がらせたミッションを果たしたので一応満足すると、窓を開けて庭にそれを帰してあげたのであった。

カマキリを見て「コワイ〜！」と言えるようになった琴世も、明後日の十月八日で、二歳の誕生日を迎える。そして明日、誕生日前夜祭ということで、葉山にある古民家を改築して造ったという宿に予約を入れていた。天気予報では明日は雨。せっかく葉山に行くのだから晴れた海を見たいけれども、果たしてどんな空模様になるだろうか。

翌日は、やはり雨であった。これぱかりは仕方がない。雨天決行。今回の目的は神奈川県立近代美術館の葉山館で開催中の「アレック・ソス」展を観て、築百年の漁師の家をリノベーションしたという古民家を楽しみながら、琴世の二歳をお祝いすることだった。

激しい雨の降るなかをタクシーや電車を乗り継いで約一時間、家族三人で宿泊する古民家に辿り着いた。一日一組限定の宿である。先に荷物だけ宿に預けると、逗子駅から乗車してきたタクシーに引き続き乗って、神奈川県立近代美術館まで向かった。

雨だというのに、あと四日で会期が終わってしまうこともあってか、美術館はそれなりに観に来ている人が多かった。最初、琴ちゃんも連れて三人で観ようとしたが、入口のところですでに琴ちゃんは落ち着きがなく、握っていた僕の手を放して、うろうろしようとする。僕が手綱を握るようにまた彼女の手を握ろうとするが、振りほどかれる。おまけに「キャーキャー」騒ぎだして館内にその声が響き渡った。

僕は琴ちゃんを連れていくのは断念し、先にMさんに展示を観てくるよう促した。入口にいた学芸員さんにも、「交代で観られたほうがよろしいですね」と、やんわりと諭される。

僕はとにかくじっとしていない琴ちゃんとチケット売り場前のロビーで落ち着きなく遊んでいた。階段の好きな琴ちゃんは、目ざとく地下の図書室へと下りるそれを見つけると、「ウ〜フッ、ウ〜フッ」とどこで覚えたのか知らない謎の掛け声を発しながら、下りはじめた。その階段を二往復してから、外に出たがる彼女の手を握って、自動ドアを出ると、屋根のついた通路を行ったり来たりしつつ、降りしきる雨を時折彼女と一緒に見つめたりした。そうして通路に落ちていた小さな石を見つけた琴ちゃんは「イシ、イシ」と指差して拾い上げると、自分の眼の高さに持ってきて、しげしげと見はじめた。

彼女にとっては、アレック・ソスの撮ったアメリカの風景写真よりも、通路に落ちている石のほうが面白いのかもしれない。

「琴ちゃん、石だね。小さいね」

「イシ。ちいさい」

彼女は僕の言ったことを丁寧に繰り返す。

何度か屋根のない雨の降るほうへ行こうとする琴ちゃんを後ろから抱き締めて、「ダメ、ダメ。雨降ってるから、濡れちゃうよ」と止めたけれど、激しい雨滴に叩かれ体を濡らしたら、琴ちゃんは飛び跳ねながら満面の笑みを浮かべるかもしれないとも思った。

そんなことをしたら、風邪を引くかもしれないし、Mさんにきっと怒られるだろう。でも、激しい雨中に彼女を立たせてみたいと僕はどこかで思っていたのだった。

やがてMさんと交代して、僕は展示会場に入っていった。ソスの作品を観ながら、Mさんと琴ちゃんのことが気になった。二人は何をして時間をつぶしているのだろう。また階段を上り下りしているのだろうか。

ソスがフィラデルフィアで撮った、カットされたオレンジに蛾が止まっている写真の前に来たとき、琴ちゃんならこれを観て、「ちょうちょう」と指差してつぶやいただろう。やっぱり彼女にもソスの写真を一通り観せてあげたかったなと思う。

駆け足で作品を観て回って出口に来ると、Mさんは琴ちゃんと手を繋いでうろうろしていた。そしてMさんに訊いてみると、案の定、地下の図書室へと向かう階段を上り下りしたという。とにかくどこかに宝物はないかと探し回るように、琴ちゃんはあっちへうろうろ、こっちへうろうろするのであった。

それからタクシーを呼んで乗り込み、雨の降りやまぬ海岸沿いの道を宿へと向かった。チェックインを済ませると、ようやく熱いお茶を淹れて一息つくことができた。

きょうは肌寒い。雨が降り、気温がぐっと下がっていた。またリノベーションしたとはいえ、築百年の古民家には至るところに隙間があった。そこから入る風を「隙間風」というが、冬の季語でもある。

隙間風さまざまのもの経て来たり　　波多野爽波

この築百年の元漁師の家の眼の前は海である。晴れているときは、沖の向こうに富士山が見えるらしい。そんな情景を思い合わせると、この隙間風も「さまざまのもの」をすり抜けてきたに違いない。まるで一条の風にも辿ってきた道筋という歴史があるように。

広い畳の部屋が嬉しいらしくて、琴ちゃんは駆け回っていた。どうやら彼女も旅行に来たことがわかっているようだ。今まで何度か旅をしたが、そのたびに琴ちゃんは上機嫌になった。やがて、近所のお店に電話をして頼んでおいたケータリングが届いた。この宿の食事は朝食のみなので、琴ちゃんのお祝いの夕食としてデリバリーしてもらったのである。お店のお任せだったので蓋を開けるまで中身はわからなかったが、開けてみると、串カツ料理がメインで入っており、唐揚げやひじき煮、タコのカルパッチョや生野菜もたっぷりと盛られていた。温かいお味噌汁も追加で付けてもらっていた。

「琴ちゃん、お誕生日おめでとう！」

僕とMさんは、彼女の誕生日の前夜祭を祝ってビールで、そして琴ちゃんも一緒にお茶で僕らと乾杯した。

琴ちゃんはお腹が空いていたのか、串カツを鷲摑みにすると、豪快に食べはじめる。

「おいしい？」

Mさんが訊くと、

「オイシイ」

と、繰り返して大きく頷いた。

こんなに食べられないよねと言いながら、結局大皿に載った料理はほぼ食べ尽くしてしまった。そうしてこれもまたあらかじめ近所のケーキ屋さんに頼んでいたフルーツをデコレーションしたケーキも完食してしまった。

琴ちゃんはケーキに立てた二本のローソクを吹き消すことがまだできなかったけれど、代わりに僕とMさんが吹いて、ハッピーバースデーの歌を歌った。生クリームが大好きな琴ちゃんは、口の周りを白くさせながら、ケーキにわしわし齧りついた。

相変わらず、琴ちゃんだけは食べたあとも走り回っていたが、僕とMさんは食べ過ぎて少し憂鬱になっていたところ、ある音が外から聞こえてきたのだった。なんだか聞いたことのある音だがまさか……僕は半分疑いまじりに、

「ねぇ、花火の音しない？」

Mさんに声を掛けた。

「花火？　う〜ん、あれ、花火かな……」

「いや、花火だよ。外に出てみよう！」

続けざまに、ドンッドンッドンッと空気を震わせるような音がしたので、玄関を出る頃には僕の中では確信に変わっていた。いつの間にか、雨は止んでいる。

琴ちゃんを抱っこした僕とMさんは玄関を出て、すぐ前の道端に繰り出すと、まさしく花火が盛大に上がっていたのだった。

「うわあ！　花火だよ、琴ちゃん！」

「ほんとだね、すごい！　花火だよ！」

僕とMさんの大声に彼女もつられるように、

「ウワワァァァァ！」

と声を張り上げる。僕の腕の中で上下に体を楽しそうに揺らしながら、案外近い花火を指差して躍り上がらんばかりの喜びようだ。琴ちゃんは前々から花火が大好きであった。いつかYouTubeで見た長岡の花火の映像も食い入るように見つめて歓声を上げていたほどである。しかし、きょうは予想もしなかった本物の花火がこうやって見られたのだ。彼女にとっては、二歳をお祝いする最高のサプライズになった。

「ねぇ、こんな盛大な花火が上がるんだったら、宿の人も教えてくれたらいいのにね」

「そうだよね。なんで、教えてくれないんだろう。琴ちゃんの誕生日の前夜祭にふさわしい花火なのにね」

Mさんと僕はそんなことを話しつつ、何の前触れもなくはじまった雨上がりの花火を、琴ちゃんの止まらない歓声に包まれて、三人で見上げ続けたのであった。

次の日の朝、宿の人が朝食を持ってきてくれたとき、「きのうの花火は見ましたか？」そう訊ねてきた。

「見ました！　急にはじまったのでびっくりしました」

Mさんがまだ興奮の残った声で応えると、

「それはよかったです。実は、地元の僕らも全く知らなかった花火なんですよ。事前に情報がなくて。たまにいきなり花火が上がることがあるんですが、きのうの花火はなかなかすごかったですね」

宿の人も昨夜の花火には驚いたようだった。

「あ、そうなんですか。葉山では、そんな花火もあるんですね。激しく雨が降っていたのに、いつの間にか止んで、あれだけの数の花火が上がるなんて、すごいですね。きょうがこの子の誕生日なんですけど、その前の日に盛大な花火が何発も上がって、とてもいいプレゼントになりました」

僕はほんとうに思い出に残る秋の夜の花火になったと、昨夜の赤や青や緑や金や銀の大きく煌めいた数々の花火を、もう一度瞼の裏に思い起こしたのだった。

きょうは二十四節気の寒露の日。快晴。葉山の海の遥か対岸には、富士山が姿を現して悠然としている。

もしかしたら琴世も、思いもよらぬ美しい花火を人生のなかで見せてくれるかもしれない。昨夜の花火に重ねて、僕はそんなことを思った。

もし琴ちゃんの花火が上がることがあったなら、僕もMさんもこの眼で見届けることができるだろうか。いや、見てみたいものだ。大きな花火でなくてもよい。琴世自身の花火であればよい。一瞬でもこの世で見る人の眼を覚まさせるような、彼女が活き活きと生きた証の花火をいつか打ち上げてほしい。

琴世は、きょう二歳になった。Mさんのお腹から出てきてこの世に生を受けて二年。よくこのパンデミックの世界を小さな体で生きてきた。これからも賑わしく明るく堂々と生きてゆけ。

秋雨の激しき後の花火かな　裕樹

あとがき

　とにかく海の見える家に暮らすことが僕の夢だった。そして同じような夢を持っているものの、特に何もしていない人は案外多いのではないだろうか。たとえば、テレビに海の見える家が映し出されて「いいなあ。いつかこんな家に住んでみたいなあ」と思っているだけでは何も進まない。僕もずっとその一人だった。だが、ある時、ほんとうに海の見える家に住みたいと強く思った。人生は短い。老後にゆっくり海辺で暮らそう、なんて考えていても実現するかどうかわからない。いや、それでは夢に終わる確率が高いだろう。そう考えはじめて、ある日急に思い立って集中的に「海見え物件」を探しはじめた。

　忙しい時期だったので、携帯電話を片手にネット検索だけで不動産会社のサイトをひたすらさまよい続けて毎日探した。すると、いきなり「スーパーオーシャンビュー」と一面に表示された、海原だけが写った写真が眼に飛び込んできたのだ。この時の胸の高鳴りは今でも覚えている。「すごい！　すごい物件だぞ！」と心で叫んだ。この「海見え物件」との瞬間の出会いが、海の見える家に住むという夢が実現する一歩目だったのである。

それから湘南の片隅の町に引っ越してきて約一年暮らした頃に、夢であった海の見える家での生活を書き残しておきたいと思うようになった。そんな折、編集者の菊地朱雅子さんから『小説幻冬』で何か連載をというオファーをいただいた。渡りに船である。初回の打ち合わせの時に「海辺の俳人」というタイトル案も出て、そのまま採用。菊地さんのおかげで、願ってもない連載というかたちで、思うままに海辺の暮らしを綴りはじめたのだった。

本書は二〇一八年の夏から二〇二二年の秋までの記録である。最初は一人暮らしからはじまる。だから文章も内省的になっている部分が多く、モノローグの落ち着いたトーンで書かれている。だが途中からMさんが登場し、やがて娘の琴世が産声をあげることで一気にダイアローグの明るさが生まれる。この変化は僕自身文章を書いていて、とてもおもしろい経験であった。約四年にわたる連載中、いろいろなことがあった。個人的には長年の一人暮らしを終えてMさんと結婚し、子どもを一人授かった。海の見える家で自分の家族を持つ。夢が二つ叶ったのだ。二〇二〇年四月三十日に、Mさんと婚姻届を提出したが、世界中で新型コロナウイルスが蔓延し猛威を振るう真っただ中で、結婚式は挙げられなかった。

コロナ禍に陥った世界で、僕ら家族三人は、海風に守られるように身を寄せ合って暮らした。この時ほど、海辺の暮らしのありがたさを痛感したことはない。自粛を余儀なくされる生活でも、毎日海を眼にすることで心が癒され解放された。浜辺ならマスクなしで気軽に散歩ができた。潮風を肺いっぱいに吸い込んで地球と繋がることができた。怯えることなく、自由に呼吸ができるとはなんと幸せなことだろう。海の存在の大きさを感じる日々だった。

最終回の「前夜祭」を書き終えたときの感慨はしみじみと深いものであった。僕ら家族三人の暮らしはこれからも続くが、長きにわたった連載が今終わったという物寂しさがあった。そして最終回が掲載された『小説幻冬』が届いたその日の夜に、電話が掛かってきた。半年以内にこの家から立ち退いてほしいという通告の電話であった。僕の口から最初に出た言葉は「えっ！」だった。この「えっ！」でしか到底表すことのできない激しく渦巻く感情が、一瞬にして胸をざわつかせたのである。

「海辺の俳人」の最終回が載った雑誌が届いたその日の夜に、海の見える家からの立ち退きを迫られる電話が掛かってくるなんて、ドラマチックすぎるではないか。しかしそれが現実であり、人生の不思議でもあり、僕らの運命なのだろう。そう納得するしかなかった。まるで「海辺の俳人」を書き終えるために、この湘南の片隅の町に引っ越してきたようにも思える。そんな不可思議で衝撃的なタイミングで立ち退きの通知を受けたのであった。

このあとがきは、引っ越しの一週間前の慌ただしい雑然とした部屋で書いている。もうすぐ「海辺の俳人」ではなくなる。だが「海辺の俳人」であったことは一生忘れない。

堀本裕樹

二〇二三年三月吉日

本書は「小説幻冬」（二〇一八年九月号～二〇二二年十二月号）に連載されたものを再構成したものです。

参考文献

◆『角川俳句大歳時記 春／夏／秋／冬／新年』（角川学芸出版）
◆『合本 俳句歳時記 第四版』（角川学芸出版）

一九七四年和

俳句結社「蒼海」主宰

羅』で第三十六回俳人協会新人賞受賞

書に『芸人と俳人』（又吉直樹氏との共著）、『短歌と俳句の五十番勝負』（穂村弘氏との共著）、『ねこもかぞく』（ねこまき氏との共著）、『俳句の図書室』『ＮＨＫ俳句　ひぐらし先生、俳句おしえてください。』『桜木杏、俳句はじめてみました』『散歩が楽しくなる俳句手帳』、句集『一粟』、編著に『猫は髭から眠るもの』などがある。

第一刷発行

雅子

会社 幻冬舎
五一－〇〇五一 東京都渋谷区千駄ヶ谷四－九－七
電話：〇三（五四一一）六二一一（編集）
〇三（五四一一）六二二二（営業）
公式HP：https://www.gentosha.co.jp/

印刷・製本所 中央精版印刷株式会社

ISBN978-4-344-04128-8 C0095

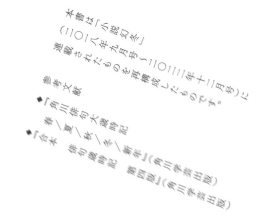

装幀
鈴木千佳子